托拉斯之子

CHILD OF TRAS

とらすの子
蘆花公園

王華懋 譯

目錄

坂本美羽①

坂本美羽住在東京都，是一名文字工作者。
她是個不幸的女子。

都內無差別連續殺人案

令和[redacted]年（二〇[redacted]年）三月十四日（四），位於東京都墨田區押上的一棟公寓室內，發現一名女子（當時十六歲）遭人殺害。

同年一月十六日（三）有四名男子、三名女子，二月八日（五）有五名男子、七名女子，二月二十八日（四）有七名男子、一名女子，三月四日（一）有五名男子、五名女子，同日並於東京都世田谷區上祖師谷・玉川、港區赤坂・芝大門・海岸、中央區銀座・勝鬨、狛江市，發現共計八名男女遭到殺害。這些案件由於作案手法相同，警視廳定調爲連續殺人案，展開調查，但尚未找到可疑嫌犯。

敬請各位民眾踴躍提供線索，任何細微的線索都很重要。

此外，本案發生地點不分地區，而且作案手法極爲巧妙凶殘，敬請各位民眾注意自身安全。

案情概要

發生日：令和[redacted]年（二〇[redacted]年）三月十四日（四）

發生地點：東京都墨田區押上某戶公寓

現場狀況：發現的遺體爲公寓住戶女兒（十六歲），全身遭到亂刀砍殺，倒臥在廚房，被母親發現。遺體嚴重損傷，死後已經過數小時。

調查經過：從遺體狀況研判，應與過去發生的類似案件爲同一名凶手所爲，故由業已成立之「都內無差別連續殺人案」特別搜查本部進行調查。

請求民眾協助：搜查本部請求民眾提供以下線索。任何細微的線索都很有幫助，敬請民眾踴躍協助。

令和[redacted]年（二〇[redacted]年）一月十三日（日）至同年三月十四日（四）

- 路過案發地點附近
- 看到可疑人物
- 聽見爭吵聲

或

- 知道凶手是誰
- 知道被害人與人有金錢等方面的糾紛
- 知道有人對案情表現出異常關心

任何細節都可以，敬請向以下聯絡方式提供資訊。

1

「亂刀砍殺？」

副總編森田出聲。雖然頭銜是副總編，但路那出版的正職只有兩名，一名是總編，剩下的一名就是副總編了。這家出版社專門出版靈異、非正規醫療、減重、網紅及宗教家的自傳等書籍。

「現代是網路社會，又不可能瞞得住。」

森田關掉警視廳的官網，點開個人網站。螢幕中出現勉強還呈現人形的肉塊。要是不小心瞥見，眼睛會自動對焦，辨識出那團東西是怎麼一回事，我連忙別開目光。

「咦？坂本妳不敢看這種的？我還以爲女人對噁心的東西耐受度比較高呢，畢竟每個月都要見一次血嘛。啊，這種話在這年頭算是性騷擾嗎？妳說呢？」

森田親熱地搭住跟我一樣來打工的寫手佐古，佐古露出窘迫的笑。

佐古跟我一樣，是夢想破滅，淪落到這裡來的，因此我對他有種類似同病相憐的感覺。換成我是他，也只能笑一笑混過去吧。

「喂，我說坂本啊。」

「是。」

森田一把推開佐古，這回摟向我的肩膀。毛孔粗大的黝黑皮膚、摻雜了菸味和咖啡味的口臭都噁心到了極點。

「妳啊，眞的以爲拿出這種玩意能交差嗎？」

他指向我的平板，用力擠壓。螢幕上顯示路那出版僅推出電子版的靈異雜誌《月刊魑魅魍魎》的下期預定內容。

「《從歐帕茲（OOPARTS）解開古代希臘之謎》，妳啊，誰要看這種東西啊？」

「可是……」

「沒什麼好可是的，我是在問妳，有誰要看？」

森田的手不自然地移動。

「妳也差不多該拋棄小說家的夢想了吧？現在的妳，是負責幫這種雜誌寫些補白稿的人員。雖然就算是補白，這種東西也過不了關。我們的讀者幾乎都是從網路上流過來的，這不符合他們的喜好，這種內容交給《百鬼夜行》去做就行了。而且咱們兩邊的水準也天差地別。」

《百鬼夜行》是從我出生前就已經存在的靈異雜誌，論水準，《魑魅魍魎》確實望塵莫及，裡面的內容，讀過就知道全是知名小說家、文字工作者、大學教授等陣容滿懷熱情地嚴肅創作出來的。《魑魅魍魎》連雜誌名稱都是搭《百鬼夜行》的便車隨便取的，從宗旨就天差地別。森田的口氣酸味十足，而且用這種有辯解餘地的手法趁機摸我的胸部和屁股的行徑令人噁心，但他的說詞冠冕堂皇，合情合理。我自覺羞愧。這篇文章，也是參考《百鬼夜行》的內容寫出來的，是拾人牙慧。

「總覺得字裡行間透露出『我根本不想寫這種東西～』的敷衍吶。不過不好意思，咱們好歹也是商業雜誌。這部分佐古就分得很清楚，了不起。他都會把網路文章高明地拼湊起來。」

佐古又含糊地笑了。

森田開始肆無忌憚地摸我的屁股。

「那些垃圾一樣的小說……就網路上流行的那種，是叫異世界系嗎？雖然那種作品九成都是垃圾，但我猜妳也不能接受那種的，對吧？因爲妳根本不懂讀者需求。」

早知道就不跟他說我曾經立志成爲小說家。不，不是「曾經」，現在我依然沒有放棄小說家的夢想。所以才會感到如此受傷。

「總之準備別的題目，知道了嗎？啊，對了，這裡不就有個上好的題目嗎？」

森田指著自己的電腦螢幕說：

「就這個。妳去調查這個。標題也好好想一下。」

都內無差別連續殺人案。這是目前最受矚目的話題。不管是打開電視還是網路，沒有一天看不到這起案件的報導。

不分性別與年齡，有許多人完全隨機地遭到殘忍的手法殺害。官方報導說是被亂刀砍殺，但實際上就如同森田剛才點開的圖片，更加淒慘。假設人類是從嘴巴通到肛門有如一條竹輪的結構，那麼被發現的死者，那異樣的死狀就宛如硬生生地把竹輪裡面給翻到外面一樣。發現第三名死者時，第一發現者的男子把照片貼上了社群媒體，儘管他的帳號立刻被封鎖了，照片卻已經流傳到不可收拾。

這要是只有女人遇害，或是只有老人遇害，又或是只有住在台東區的人遇害，或許眾人會懷抱著更強烈的危機感。然而遇害者卻找不到任何規則。只要超過某個基準，警覺心或許反而會開始下降。也有許多人把這起連續命案當成一種娛樂來消費。

凶手是誰？死者是誰？死狀如何？

毫無良知的網路使用者不斷更新無憑無據的資訊。現在我也必須去做這種毫無良知的事。要是不做，就沒有後路了。

要是被趕出這家出版社，就沒有後路了。

「妳在聽嗎？坂本？」

「啊，嗯……」

我含糊地點點頭，森田冷哼一聲，趕狗似地甩了甩手，做出「去去去」的手勢。

我提起皮包外出。

手機接到「吉岡智樹」的來電，我置之不理，反正是要談分手的。一星期前，我和正要與一名身材嬌小的女人走進賓館的智樹對上了眼。我逃走了。後來我們完全沒有交談。這一點都沒什麼好奇怪的。很久以前，智樹就說他有了新歡，想跟我分手。但是我無論如何都不想分手，所以打死不肯答應。

我對智樹已經沒有戀愛感情了，只剩下交往了五年的眷戀。但我明年就三十歲了。最近的人都很晚婚，一般女人的話，就算步入三十，也都能輕易找到喜歡的對象結婚吧。——一般女人的話。

像我這種一無可取的女人過了三十，要怎麼活下去才好？我很想結婚。我想要已婚這個身分，沒有愛情也無所謂。他要喜歡多少女人、在外頭花心都沒關係，我想要的只有已婚這樣的狀態。想要即使是我這種女人，也能和常人一樣的證明。

然而終究還是泡湯了。就算延後面對，結果還是一樣的。我又變回了一無所有的女人。

關掉來電紀錄的標籤，點開推特。

在搜尋欄輸入「都內無差別連續殺人案」。不行。數量太多了。

爲了縮小範圍，加上關鍵字「眞相」。這也行不通。只是找到了一堆用「這才是都內無差別連續殺人案的眞相！」當標題的無聊YouTube影片。

我不想做這種事。我不想知道噁心的屍體和腦袋不正常的凶手的眞面目。我不想寫什麼刊登在垃圾雜誌的無聊文章。我只是想要像普通女生那樣，做普通的工作、過普通的生活，爲什麼天不從人願？

我無意識地輸入「救我」。

搜尋結果一下子變少了。我正想回到主畫面，目光被一則推特貼文吸引了。

『都內無差別連續殺人案的凶手不只一人。我知道眞相。救救我。』

沒有人回覆，也沒有人按讚。雖然毫無可信度，卻莫名地令我介意，我點了那則貼文的頭像。

『未來@病帳（註）』

推主似乎是女的。自我介紹欄寫著：

『憂鬱。隨時都想死。霸凌／自殘／拒絕上學／PTSD／HSP／專校／＃病帳女／＃想跟病帳交流』

如同自我介紹欄說的，內容會定期出現自殺願望的貼文。媒體欄有割腕、藥品和貓商品的照片，是典型心理有問題的人。

我最討厭這種女人了。

鎮日怨天尤人、滿腹苦水，秀出割得像烤魷魚似的手腕，向社會討拍。認為自己淪為失敗者、不正常，全是社會的錯，不肯面對現實。我無法認為這些人是因為太年輕了，會無病呻吟也是沒辦法的事，反倒是愈年輕愈教人火大。她們還有大把時間，還能從容地透過手機對外發出訊息，卻罵天罵地，完全就是被寵壞了。

我什麼都沒有，而她們擁有一切，卻如此驕縱。

不行。對螢幕另一頭的陌生少女氣憤也沒用。現在我必須趕快蒐集資訊才行。

回溯「未來」的帳戶，從兩個月前開始出現不同於之前的自殺願望及日常瑣事，有愈來愈多奇妙的貼文。

『不能跟任何人說。』
『眞的死了。天吶！』
『該怎麼辦才好？雖然我是眞的希望她去死。』
『這樣就好了嗎？一睡著就會出現。』
『還是想要退出。讓我退出吧！』
『原來我也跟他們一樣。』
『我不曉得該怎麼辦了。有沒有誰能救我？抱巧姆也沒用。』
『覺得巧姆討厭我了。這也難怪。』
『對不起。』
『都內無差別連續殺人案。』
『都內無差別連續殺人案的凶手。』
巧姆似乎是她養的貓。是一隻可愛的純白貓。
未來對其他推主的『妳怎麼了？』『妳還好嗎？』的回覆一概不理。既然不回覆，就

註：原文「病み垢」，來自「病みアカウント」，意爲專門開來抒發怨言煩惱等負面情緒的社群帳號。

不要特地講出來，好嗎？我又感到一陣火大。

我勉強克制怒氣，思考了一下。她開始貼出這些奇妙的貼文，時間點和命案發生的時期重疊。或許她擁有警方或大媒體手中沒有的資訊。即使是心理有病的人特有妄想，若是能問到什麼，就從那裡擴充，寫出一篇文章交差就好了。反正這份垃圾雜誌都會拿比校園鬼故事還不如的胡說八道當專題報導了，這樣就很足夠了。

私訊功能似乎是開啓的。我用自己的帳戶，寫了篇盡可能明朗、不會觸怒瘋子的訊息內容，詢問能不能見個面。

2

週六白天，人潮洶湧得驚人。

對方是年輕女生，就算雙方都是女的，對初次見面的人還是會感到戒心吧。我考慮到這一點，避免約在密室，指定原宿的露天咖啡廳做爲會合地點。那家咖啡廳裝潢花俏，是年輕女生會喜歡的那種店，餐點熱量每一樣看起來都很高。這種地方，餐點也貴得莫名。

我掂了掂自己的荷包，嘆了一口氣。

周邊座位的年輕女人讓我湧出怒意。應該沒有半個人是花自己的錢來這裡的。這些女人一定很受寵，要不然就是在搞「爸爸活（註）」那些。

看到就火大，我盡量不看客人，眼睛對著就佇立在路邊的路燈。是燈具附有時鐘的類型。我正盤算著如果對方眞的是個瘋子，滿口妄想，就結束談話回家，幸好可以不看手機就知道時間。

「未來」是個怎樣的女生？我想像一個穿蘿莉塔風格服裝、身上佩帶三麗鷗角色商品、化著歌德妝的女生。或許她會穿恨天高厚底鞋，來掩飾短腳。

約定的時間五分鐘前，未來現身了。我的相認物是在桌上放著大大寫著「路那出版」字樣的信封，未來的相認物則是紅色的背包。

但即使沒有相認物，我也一下子就猜到應該是她了。雖然與我想像的不同，但未來是個徹底不適合陽光的女生。她與周圍完全格格不入。

她應該很年輕，但皮膚乾粗，雖然膚色白皙，但一點都不漂亮。

身材中等，但脖子很粗，姿勢也很糟，所以看起來相當臃腫。她穿著米白色連帽T和

註：「爸爸活」是日本年輕女性陪伴年長男性吃飯約會，獲得經濟援助的活動。

牛仔長裙，一副對打扮沒興趣的俗氣女生樣。

她和我對上眼，也沒有加快腳步，而是如驚弓之鳥般，東張西望地靠近。

明白地說，看到她，比看到周圍那些一副正在享受當下的年輕女人更教人火大。她在自我介紹欄裡寫了「霸凌」，但如果我是她同學，八成也會霸凌她。

「呃，那個……」

「我是路那出版的專屬記者，坂本美羽。」

我搶在未來說完之前就遞出名片。她說話的口氣也如同猜想，吞吞吐吐，讓人不耐煩。

未來收下名片，細細打量了我的臉，在對面坐下來。

「謝謝妳今天願意過來。我不太了解年輕女生喜歡的店，所以隨便挑了這家。想吃什麼都可以點。」

未來指了菜單上的冰可可。在店員端來插著華麗星形吸管的冰可可之前，未來都一語不發。難不成因爲我打斷她第一句話，嚇到她了？面對什麼都不說的未來，我盡可能體貼地閒聊，她卻依然毫無反應。

店員放下可可離開的同時，未來開口了：

「姊姊，妳、妳相信，我、我說的話嗎？」

聲音像蚊子叫一樣。

她眼眶含淚地注視著我。

我裝出笑容。

「當然了。我看到妳的推特，覺得妳說的是眞的，所以才會想當面聽妳說。」

即使聽到這話，未來的表情也完全沒有放鬆，不安地四下張望。這是她的習慣嗎？她怎麼不明白，就是這種態度惹人不耐煩？

我直呼吃不消，正打算結束會面算了，這時未來擠出聲音說：「那我告訴妳。」

✦ ✦ ✦

國中我幾乎都沒去上課，大概只讀了一年半。

因爲我受不了了。

我遇到霸凌。

姊姊，妳被霸凌過嗎？

嗯，被當成空氣……也是、一種霸凌呢。

我遇到的是更……雖然霸凌沒有比較好這種事，可是我遇到的是更慘的，肉體上的霸凌。

一開始只是東西不見……對不起，是我自己要說的，卻又……我遇到很多不願意再回想起來的事。即使到了現在，有時候還是會夢見，驚醒跳起來，跑去廁所吐。妳看我的臉，很腫，對吧？經常嘔吐的人好像就會變成這樣。

我還算好的地方是，我爸媽都對我很好。

遇到霸凌讓我覺得很丟臉、很沒用，不敢說出來，可是我爸媽隱約察覺了，說：「未來，不用去上學也沒關係。」

所以我就沒去學校了，改去自由學校（註）。那裡叫「東京櫻花園」，在葛飾區。櫻花園這所自由學校，主要是在家自學，然後在固定日子上學，參加課程或娛樂活動。雖然也有粗略的分班，但基本上可以和各個年齡層、形形色色的人交流。我在那裡交到了一個朋友，她叫夏奈。夏奈說她也跟我一樣，被霸凌得很慘，沒辦法去學校了。

夏奈比我還要矮，有點胖胖的……或許我沒資格說人家什麼，不過她看起來就是一副會被霸凌的樣子。

不過她很內向，絕對不會說出傷人的話……我們都喜歡看漫畫，去櫻花園的時候都會在一起。

大概是開始去櫻花園三個月左右的時候吧，夏奈開始變得怪怪的。怎麼說，突然變得自信十足。

夏奈因爲遇到霸凌，不敢一個人外出，也不敢一個人搭電車，都是爺爺開車接送她，可是她變得敢一個人去櫻花園，也開始在推特上傳一個人出去玩的照片。如果說她變得開朗了，是這樣沒錯，可是……感覺不是很舒服。我不太會形容，不過她說話變得很粗魯，我覺得很可怕。

所以我鼓起勇氣問她：妳最近變得有點不一樣，是怎麼了？

夏奈得意地笑著說：

「看得出來？」

「看得出來啊，妳最近變開朗了嘛。」

註：自由學校（フリースクール）是日本民間爲拒絕上學的學童提供的支援機構，學童可以在這裡學習，與朋友相處。

我因爲害怕，只敢這樣說。夏奈那張圓臉笑得左右都拉長了，說：

「因爲我已經沒有害怕的東西了，讚透了。我想做什麼都行。」

我應說「這樣喔」，想要結束話題。

「哎唷，未來，妳就是這樣才不行。我們是朋友，妳可以不用客氣，再多問一些啊！」

夏奈說，嘆了一口氣。

「可是這也難怪呢。只要他們存在一天，就會這樣呢。我以前也是這樣嘛。對了，妳明天有空嗎？」

夏奈突然問，我點了點頭。因爲不用來櫻花園的日子，我無所事事，眞的很閒。我爸媽都在上班，白天家裡也沒人。在家自主學習的功課，晚點隨便做做就行了。因爲自由學校的學生，根本沒人期待他們會多認眞唸書。

「那，我帶妳過去。那樣一來，妳就不會再害怕任何事了。」

夏奈自信十足地笑說。

隔天，我和夏奈碰面，她帶我去了一間民宅。地址我寫在這裡，姊姊妳上網搜尋，看衛星照片那些就可以知道了，雖然滿大的，不過就只是一棟普通民宅。

「這是誰的家？」

「別管這麼多，跟我來就是了。他們人都很好，沒事的。」

夏奈按了門鈴，向裡面的人打招呼，裡面走出一個嬌小的老婆婆。

「媽，我來了！」

夏奈說，老婆婆微笑說：

「哎呀，夏奈，妳帶朋友來？」

「對啊，我想帶她見希大人。」

「啊，這樣啊。剛好，今天沒有別人。進來吧。妳也是。」

老婆婆溫柔地對我微笑。老婆婆又不是夏奈眞正的媽媽，而且年紀分明都可以當她阿媽了，夏奈卻喊她「媽」，我覺得很奇怪，但我在電視上也看過有人叫老人「爸」、「媽」，所以猜想或許是類似的習慣……還有，那個老婆婆看起來確實很慈祥。

我們跟著老婆婆進去，屋子裡看起來也是普通民宅。從玄關筆直往裡面走，來到盡頭的階梯，老婆婆說：

「夏奈，妳上去休息吧。零食自己吃。」

「好～」

夏奈走上樓梯，就像在自家一樣。

「妳叫什麼名字？」

「相、相澤未來……」

「妳叫未來啊，好棒的名字。」

老婆婆突然對我說話，我嚇得聲音都破嗓了，老婆婆卻好像完全不在意。

老婆婆說「跟我來」，把我帶進樓梯前面、從玄關看過去左邊的房間。

我還以為呼吸要停止了。不是因為房間裡的樣子。房間的地板很像芭蕾舞教室的材質，唯一比較不一樣的地方，大概就是房間裡只擺了一架鋼琴吧，其他就只有眞的很普通的桌椅。要說的話，是一間滿單調的房間。問題是房間裡的人。

不是開玩笑，我從來沒見過那麼美的人。

那個人穿著全是蕾絲的黑色禮服。及腰的漆黑鬈髮烏黑亮麗，和她白皙的皮膚相映成輝。眼睛也是漆黑的。妳說只要是日本人，這不是理所當然的事嗎？沒錯，可是……我從來沒看過那麼漆黑的眼睛，感覺幾乎要被吸進去一樣。總之，她的眼睛、鼻子還有嘴巴，都美得令人難以置信。不管是女星還是模特兒，跟她相比，全都庸俗到不行。我覺得「絕世美女」就是用來形容她的。

「不用緊張。」

她的聲音也好悅耳。溫和沉靜，光是聽著，就讓人安心。

「媽，幫她準備一張椅子。」

美女這麼說，老婆婆便拖過來一張木椅子，擺到我前面。老婆婆就是個普通的老婆婆，不會讓人覺得年輕的時候一定是個美女，所以我覺得她也不是美女的母親。我猜想「媽」應該只是個綽號吧。

我在木椅子坐了下來，在近處看到美女的臉。在近處細看，更覺得她美麗絕倫。就好像陰暗的房間裡，只有那裡光芒籠罩。

仔細一看，美女旁邊有個老爺爺，但我完全沒注意到他。倒不如說，其實仔細想想，陰暗的房間裡有個美若天仙的美女，光是這樣就古怪到家了，但她實在是美得讓人無暇在乎那些細節。

我正看得都痴了，美女對我抿唇微笑。

「相澤未來同學。」

我沒看到老婆婆告訴她我的名字，她卻明確地說出我的名字。

「妳受了很多苦呢。」

感覺聲音從耳朵傳入，逐漸滲透全身。我沒有喝過酒，所以不清楚，但我想像喝了酒、飄飄欲仙，應該就是這樣的感覺。

我點了點頭。

然後，她沒有問我，我卻自己說了起來。說出我遇到霸凌的事。

我連對夏奈都沒有說過，然而他們對我做的那些眞的很過分的事，我全都說出來了。說著說著，記憶變得愈來愈鮮明，我淚如泉湧，說得顚三倒四，可是總之全部傾吐出來了。

說完之後，美女站了起來，走近我，緊緊抱住了我。

「已經沒事了。」

不知道爲什麼，聽到她的聲音，我覺得眞的沒事了。那感覺很奇妙，眼淚也停了下來。這時我又發現了一件事，那就是美女長得非常高。或許這也是因爲我一下子放下心來，才會發現。

「謝謝妳。」

「從明天開始，一切都會好轉的。」

美女說完，再次緊緊地抱住了我。

我道謝之後打開門，夏奈在房間外面等我。

「希大人怎麼樣？」

希大人就是美女的名字。我不知道那是不是她的本名。從此以後，我也都叫她希大人。

「她很溫柔，很溫暖，而且好美。」

我宛如置身夢中，說了像幼稚園小朋友的感想。夏奈滿意地點點頭。

「妳懂了吧？」

我大概理解了。我的解釋是，希大人一定是位超厲害的心理治療師。我眞心確信從明天開始，一切都會好轉——當時我是這麼想的。

夏奈把這麼棒的人介紹給我，而且還分文不取。我也對夏奈再三道謝，然後回家了。

這天的晚飯吃起來眞的特別香。爸爸和媽媽也都爲我開心，說：「妳食欲眞好，發生了什麼好事嗎？」我覺得這天是我人生當中最幸福的一天。

隔天早上——我平常都是九點左右起床，這天卻是媽媽把我搖醒的，看看時鐘，才七點半而已，我埋怨還很睏，但媽媽催促我，「不是睡覺的時候，快點過來！」我下樓去了。

客廳的電視開著。

畫面上是我看過的房子。

『今晨尚未天亮的時刻，台東區一戶透天厝玄關附近，發現一名遭人殺害的女子。女子據判是該戶人家的二女兒，安原京香同學——』

新聞的旁白在耳朵裡嗡嗡作響。

安原京香。

她是霸凌我的小團體裡面的女王。

沒錯，就是姊姊妳想知道的都內無差別連續殺人案的死者姓名。妳記得她的名字呢。不愧是記者，記憶力眞好。

看到新聞的時候，過去的種種重回腦海。雖然不全都是安原幹的，但煽動霸凌的千眞萬確就是她。她們眞的對我做了很多很多過分的事……可是，雖然想起了那些往事，我卻一點都不痛苦。因爲最後想起來的，希大人抱住我的那種安心感爲我驅散了一切。

「妳看，太好了！」

有人拍我的肩膀，我驚覺回神。媽媽眼中噙著淚，開心極了。

「說這種話或許不應該，但這個世上是有天譴的。」

「有什麼不應該的？」爸爸也強硬地說，「其他被害人很可憐，但欺負我們家未來的可惡女生，死了活該。希望她死前吃盡了苦頭。」

淚水當下奪眶而出。

爸爸和媽媽好像以爲我是想起了從前的種種而難過哭泣，不知爲何也陪著我一起哭，可是不是的。

我剛才也說了，霸凌那些，我已經不在乎了。不是那樣……不，這件事本身讓我感到害怕。

我的人生已經被毀了。姊姊說我還年輕？唔，是這樣沒錯，可是連國中都沒辦法畢業的人，還有救嗎？怎麼說，大家都很善良，或者說有種不可以說這種話的類似規則還是規範的東西，所以大家都不會當面說出來，可是連義務教育都無法完成的人，就是有問題。不是有企業家幸運找到賺錢的方法，在媒體上大放厥詞說什麼，「上學根本是浪費人生！」可是妳會想要變成那樣嗎？就算有錢，也絕對不想吧。我是個沒用的人，所以很清楚。也就是說，我的人生在沒辦法完成國中學業時，就已經完了。只是幸好父母包容，我才能活下來而已，但我的人生老早就因爲霸凌而完蛋了。所以我眞的很難受、很悲傷，而且我恨死她們了。每一天我都在妄想，不光是安原，希望霸凌過我的每一個人都遇到一樣慘的事。明明之前恨成那樣，然而當時卻覺得都無所謂了。只是向心理治療師傾訴而已喔？

我覺得詭異的事還不只這一樁。因爲我覺得這不是巧合。

再怎麼說，時機都太巧了。

才剛傾訴霸凌的事，隔天霸凌我的人就死了，這有可能嗎？

這麼說來，我說出我遇到了怎樣的事，希大人便主動問我：是誰幹的？

我對這些事左思右想……開始覺得希大人和安原慘死的新聞不可能無關，害怕起來了。

我說我不太舒服，回去自己的房間，用電腦上網查了一下。除了安原以外，我告訴希大人的其他三個人，當時都還平安無事。我這樣的說法讓妳介意嗎？可是，當時她們確實還好好的。森川惠、堀江幸子、沼田美沙，沒錯，她們現在已經死了。從隔天開始，相隔一段時間……三個人都被殺了。

我這個人眞的很膽小，自己也覺得就是這副德行，才會遇到霸凌。要是能痛快大喊「霸凌我的人都死光了，活該！」應該就不會變成這樣了。不會……變成這樣了。

下個上學的日子，夏奈又邀了我。

啊，我忘了說。希大人住的那個地方，叫做「托拉斯會」，標榜提供休憩的場所給對這個社會感到疲倦的人。那對老婆婆老爺爺是夫妻，負責照顧大家，去托拉斯會的人都叫他們「媽」、「爸」。

明明那麼害怕，我卻跟夏奈一起去托拉斯會了。因爲我還是忘不了希大人。

我不記得去過幾次了。熟悉以後，我也會自己一個人去，因此應該算是去得相當勤。不是每次都能見到希大人，只有偶爾才能見到她。

即使見不到希大人，托拉斯會也是個好地方。

慈祥的「爸」「媽」總是笑容可掬地和大家說話。就如同「對這個社會感到疲倦的人」字面所形容，托拉斯會成員都像我一樣遭到霸凌，或是對人生感到絕望。文謅謅一點的說法，好像叫「同病相憐」吧。全是廢人的空間，讓我覺得很療癒。

見到希大人的日子，光是這樣就讓我感到幸福無比。很奇怪呢，我只記得希大人的外表、聲音這些表面的地方，但比方說，希大人喜歡什麼、興趣是什麼，我完全不知道。明明大家一起聊天的時候，希大人總是是圈子的中心。她都只是笑咪咪地聽大家說話，但就算她再怎麼美，光是這樣，就會讓人這麼深地喜歡上她嗎？雖然都演變成這樣了，但我現在還是好喜歡希大人，如果能夠，我真的好想見到她……

但就算是這樣，還是有個極限……

漸漸地，我最先感覺到的恐懼壓過了一切。

我說我很膽小，這是事實，但不光是這樣而已。

托拉斯會會定期……那可以叫集會嗎？大家會聚在一起說話。至於說些什麼……是說出心裡的恨。

對那些毀掉自己人生的人的恨。

每個人輪流大聲喊出來。圍著希大人，一個接著一個。

希大人完全不會驚慌失措，她還是一樣美得驚人，就只是微笑。

我沒有參加。因爲一開始向希大人哭訴的時候，已經全部傾吐出來了，所以我只是聽著別人訴說他們的恨。或許是因爲這樣，我才能客觀看待吧。我忍不住覺得，這是不是很異常？每個人都說得神采飛揚。眼睛閃閃發亮，口沫橫飛，不停吶喊：我恨誰我恨誰，××去死！宰了××！這不是很可怕嗎？

讓我決定性地厭惡起托拉斯會，是山本先生的關係。

山本先生是個看起來很老實的叔叔，他說他的興趣是閱讀。雖然他話很少，但每次注意到他，都看到他在打掃，或是更換鮮花，我覺得他是個細心又體貼的人，對他頗有好感。

山本先生也跟我一樣，參加集會時不會發言，只是坐在那裡看，所以我覺得我們是一樣的。也因爲這樣，那天山本先生第一個舉手發言，讓我非常吃驚。

山本先生直直地對著希大人，斬釘截鐵地說：

「我無法原諒我的前妻陽子。三年前，我因爲性騷擾而遭到公司解職，陽子帶走我們的女兒和家裡的存款離開了。但我是被冤枉的。對方提出和解，可是我根本什麼都沒做，所以不願意和解，走上法庭，結果敗訴了。我的手根本沒有驗出女人的衣物纖維，但關鍵似乎是有多名目擊者。我並不恨對方。她一定是眞的被人摸了，無法原諒性騷犯吧。我自己也有女兒，可以想像對方的恐懼和屈辱。我無法原諒的是陽子。從她根本不相信我的態度，或許我就該懷疑了，只是我糊塗地竟完全沒發現。後來我找了徵信社調查，才發現自稱目擊者的三名男女，竟是陽子雇來的『分手業者』。當時我第一次知道居然有這種行業。他們是一群在徵信業混不下去的下三濫，我徹底被陷害了。等到我查到這件事，都過了緩刑期了。陽子對我不重要，公司也是，因爲原本的公司社長人很好，替我介紹了現在的職場工作，所以雖然薪水大不如前，但勉強可以養活自己。可是見不到女兒，眞的讓我很痛苦……就算打電話去陽子娘家，對方也說『不可能讓寶貝外孫女跟性騷女人的變態男人見面』。甚至還恐嚇『再打電話來，就報警說你跟騷』、『你已經有前科了，下次就沒有緩刑了』。而且還說陽子已經跟別的男人另組家庭，和我們的女兒一起幸福生活。就是這個時候，我雇了徵信社，結果發現陽子從很久以前就跟那個男的紅杏出牆，覺得我礙了她的好事。我無法原諒。現在她也花著我的錢，跟我的女兒逍遙自在地過日子。我想把陽子推進地獄。還有她的姘頭原田紘一也是。去死！去死去死去死！人渣，去死去死去死去死去死去死去死去死去死！」

山本先生兩眼充血，不停地高喊「去死」。

我第一次聽到山本先生的遭遇，眞的很殘酷，我也希望他的前妻陽子受盡折磨後死去。可是山本先生變了個人的那副模樣，還有旁邊煽動地一起高喊「沒錯，去死！」、「宰了她！」、「陽子去死！」的那些人，讓我打從心底感到害怕。

宛如噩夢般的集會結束後，我一回家立刻就去睡了。

妳已經猜到了吧？

沒錯。隔天早上的新聞，我在眾多的死者當中，看到了原田陽子的名字。也就是再婚後改姓的山本先生的前妻。

我再也無法承受了。這不可能是巧合。

托拉斯會的成員向希大人指名告狀的對象，都一定會慘遭殺害。是希大人下的手嗎？還是只要希大人下令，有人什麼事都願意去做？這些事都不重要。

因爲，萬一那個人是冤枉的，那該怎麼辦？

我知道我說這種話很奇怪。我確實被安原她們霸凌到甚至想死的地步，夏奈和山本先生說的應該也都是眞的。

可是這是我的主觀。是夏奈和山本先生的主觀。

比方說我自己，或許我自己也有態度不好的地方，雖然就算眞的是這樣，也無法正當化對方的行爲。山本先生也是，或許他並不是個好丈夫或好父親。

等於是希大人聽信來到托拉斯會的人單方面的說法，就殺了對方。這不管怎麼想都太說不過去了。會做出這種事的人，只要覺得不中意，或許也會輕易殺死自己人——也就是托拉斯會的成員。我這麼想。

我領悟到一件事了。連義務教育都無法完成的人、迷上牛郎背了一屁股債的人、無法勝任工作而被公司開除的人——我說這些人是「廢人」，他們或許確實也更不如人，可是托拉斯會的成員那種陰暗的感覺，或者說沒救的感覺，原因都不是那些。他們可以一廂情願地輕易認定別人就是錯的、可以滿不在乎地殺死別人，是這種地方「沒救」了。

自從那天開始，我再也沒有去托拉斯會了。我說我想讀高中，用準備考高中當藉口不去。

「媽」和「爸」還有其他成員都接受了我的說法，支持我，叫我加油。山本先生也是。他們平常果然都是很好的人。雖然我也想繼續去，但一想起山本先生布滿血絲的眼睛，就強烈地心想還是不要再去了。無法接受的只有夏奈而已。

我想徹底斷絕跟托拉斯會的關係，所以就算夏奈邀我，我也找理由拒絕，但再三拒絕，藉口也用完了，終於還是跟她碰面了。

不出所料，夏奈逼問我：

「妳爲什麼最近都不來了？」

「我不是說過了嗎？我忙著準備考試……」

「騙人。妳撒謊的時候，都會摸人中，一下就露餡了。」

被指出連自己都不知道的習慣，我覺得再也無法隱瞞下去了。

「對不起，我不想再去托拉斯會了。」

我結結巴巴地說，夏奈直盯著我的眼睛看。

「爲什麼？大家不是都那麼好嗎？不會有人傷害妳。」

明明殺了那麼多人，妳怎麼能說出這種話？我把這句話嚥了回去，說：

「我知道大家都很好……可是，我不想再看到有人說別人的壞話，大家一起鼓譟的場面了……」

「妳是怕了啊？」

夏奈語氣不屑，冷冰冰地說：

「我救了妳耶？叛徒！」

彷彿被當頭澆了一盆冷水，我感到全身發冷。

「什麼意思？」

「妳心知肚明。」

夏奈那雙小眼睛橫眉豎目地瞪著我。

「只要拜託希大人，大家都會死。妳明白吧？妳自己也是，那些霸凌妳的人死掉了，妳覺得很爽吧？」

「她們的死跟希大人沒有關係！」

明明心裡完全不這麼想，我卻拚命反駁。

「妳真的很狡猾呢，妳絕對不想變成加害者就是了。」

夏奈的聲音熱辣辣地在腦中迴響。

「妳想要這麼相信的話，就隨妳的便吧。可是，殺了他們的就是希大人，拜託希大人這麼做的就是我們。」

夏奈哈哈大笑，彷彿打從心底感到快樂。

「我啊，對希大人只有感謝。我不像妳這麼奸詐。是我，就是我消滅了那些人的。妳爲什麼要逃避？反正殺掉的都是些人渣啊。往後我還要殺掉更多更多的人渣。」

夏奈的眼神就像做著美夢，就跟那時候的山本先生一樣。

「像妳這種狡猾的傢伙，我也想要宰掉。」

我看見倒映在夏奈眼中的我自己。

「我想殺了妳。」

我尖叫著逃跑了。我不停彎過轉角，跌倒了好幾次，一路跑到從沒去過的車站。好不容易回到家裡，也完全無法安心。

我覺得下次集會的時候，夏奈一定會說出我的名字。

然後希大人會帶著微笑——殺了我。絕對會殺了我，我絕對會被殺掉。

就算向警方求救，警察也不可能相信。畢竟我是拒絕上學的小孩。

我希望有人發現，所以才會寫在推特上。可是都沒有人聯絡我，就只有姊姊妳而已。

所以，姊姊的話——大人的話，或許可以幫我，所以求求妳。已經沒時間了，我就快被殺了。

3

未來點的冰可可，冰塊完全融化，水跟可可分成了兩層。

一口氣說完後，她拚命地盯著我看。

雖然不好意思，但我最直接的感想是，「白痴啊？」有個絕世美女，只要對她說出怨恨的對象的名字，她就會幫忙殺了那個人。這根本是妄想。未來一看就是個動漫迷，但都已經十五歲了，這種妄想，最好跟她的朋友「夏奈」私下分享就好了。只要向某人告狀，那人就會幫忙殺了討厭的人，這什麼魔法般的情節，又不是《哈利波特》的世界。不行，我不願意去想什麼《哈利波特》。

我擠出假笑。這可以說是我出社會後唯一學到的技能。

「謝謝妳寶貴的經驗。等到稿子完成了，我會聯絡妳。」

「什麼時候會完成？」

「要跟上司討論之後才能確定，大概一個月左右吧。」

「不行，那樣就來不及了！」

未來握拳敲了一下桌子。咖啡潑灑出來，形成一窪小水灘。

「呃，冷靜一點。」

「我怎麼冷靜得下來！」

未來的眼睛淌下淚水。

「下次一定是兩、三天後啊！」

「什、什麼東西兩三天後？」

「就集會啊！要是夏奈說出我的名字，我就完了，我剛才不是也說了嗎！」

我拿了幾張紙巾，輕輕蓋在潑出來的咖啡上。

「未來同學，可是……」

「爲什麼？要是大人、而且是記者說的話，警察一定也願意聽進去，所以我才拜託妳的啊！」

我不是記者，只是個寫稿的。而且是死皮賴臉地拜託，才有垃圾雜誌的補白稿件可寫，沒工作的時候，都靠清潔工作或速食店打工糊口，是這樣的寫手。若是能寫出足以登上報紙書評欄的精彩文章的人氣作家也就罷了，像我這種底層寫手，社會上的信用程度比有妄想癖的國中生還要低。這孩子就是這麼幼稚，連這些事都不曉得。

可是聽完剛才的內容，我對她稍微刮目相看了。所以我才願意把她的胡言亂語聽到最後。

只聽一面之詞，就判定另一方有罪的人，無法信任。她說的沒錯。這個觀點非常成熟。但裡面有個漏洞。如果我單方面地相信未來的說詞，批判托拉斯會，就意味著我也是無法信任的人。

「我明白了，妳冷靜一點，我會盡快聯絡妳。」

我拿起帳單就要起身，未來緊緊地握住我的手。

「騙子，妳絕對不相信我。我說的都是眞的啊！」

「我、我相信啦，放心吧，好嗎？」

未來的指頭以難以想像是十五歲少女的力道緊箍上來。我安撫著對方，想要掰開她的手指。

「我已經、沒時間——」

未來說到這裡，幾乎就在同時，地面一陣震動。

上一秒以爲是地震，下一秒我便遭受到衝擊，整個人彎著身體被撞到地上。我反射性地閉上眼睛。耳鳴不止，什麼都聽不見。

眼睛微微睜開一條縫，看見有人倒在地上。白色洋裝。是坐在前方桌位的年輕女生。她一臉恍惚地僵在那裡，旁邊的女生也是。

聽覺漸漸恢復了。

倉皇奔跑的聲音。慘叫聲。也有人在打電話。我慢慢爬了起來。

臉好燙，好像噴到了什麼。被噴到的地方灼燙燙的。我伸出左手抹了抹臉。

好紅。

鼻腔一陣嗆辣。鐵鏽味。

好痛！我叫出聲後才發現。不會痛。這不是我的血。

那是誰的血？

我不明白究竟發生了什麼事。真的不明白。爆炸事故？不是。我眼前的桌子好端端地直立著。

未來怎麼了？

那個女生有夠死纏爛打。我想快點離開，她卻不肯放手。

手上還殘留著未來的手指掐住的感覺，我望向被握住的右手。

未來還抓著我的手不放。

「可以放手了吧？」

未來沒有回答。我一個使勁，縮回右手，手輕易地收回來了。

桌腳另一邊，未來所在的位置伸出兩根白色的棒子。右手被抓住的觸感依舊沒有消失。

我花了好一段時間，才理解那是什麼。

我被戴著白色安全帽、身穿藍色連身工作服的人扶起，乘上救護車。這是我第一次坐救護車。一直有人跟我說話，但我什麼都答不出來。

我還是不明白發生了什麼事。

當時地面劇烈搖晃，我倒在地上，然後臉上沾滿了血。地板上，像生肉的東西散落一地。

「啊！」

我唐突地理解了。

「那是手的骨頭啊。」

然後不自覺地笑了出來。

我在醫院被放下車，接受精密檢查。

不用擔心我。我已經失常了。

川島希彥①

川島希彥就讀國二。

1

耶穌是我親愛朋友～

擔當我罪與憂愁～

聽著這首歌醒來，是川島希彥的日常。

朋友阿智說，鬧鐘普通都是鈴聲或嗶嗶嗶電子音，用混聲合唱當鬧鐘太奇怪了。可是，阿智自己都用他最愛的女配音員台詞「嘿！你要賴床到什麼時候？快點給我起床！」當鬧鐘，希彥覺得他沒有資格說別人。

而且，希彥喜歡帶著尚未完全清醒的迷濛感受，聆聽合唱的這段時光。還有一會後接著傳來的、母親走上樓梯的聲音。

一個月前，希彥升上了國二。

「希彥，再不起床就要遲到嘍。」

探頭看房間的母親一臉笑容。她一笑起來，眼角的皺紋就變得更深，宛如慈祥的佛像。

希彥的父母十分溺愛希彥，簡直把他當成寶貝金孫一樣。而實際上，他們的年紀也足以當他的祖父母了。兩人老年得子，所以是眞的很疼他吧。雖然也覺得有些害羞，但希彥很幸福。

看到母親關掉正播放合唱的音箱，希彥才慢吞吞地開始起身。

希彥的父母是虔誠的教徒，每週日都一定參加彌撒。當然希彥也會一起去，但每次他都沒什麼記憶。希彥和父母不同，沒有信仰，對宗教也沒有興趣。

這首「耶穌是我親愛朋友」聽說也是讚美歌，但他不記得自己唱過。他總是呆呆地看著教堂美麗的玫瑰窗，不知不覺間彌撒就結束了。

一方面是單純對彌撒或基督教不感興趣，但希彥記憶模糊的地方，並不限於彌撒而已。

希彥的記憶東缺一塊，西缺一塊。

父母的長相、現在住的家的格局這些，他當然不會忘記。上課內容、學校活動等等，國一時的記憶也沒問題。

但上國中以前的事就很模糊了。

他可以片斷想起一些事，像是爬過山、在有大型攀爬架的操場上體育課、有一個叫「直美」的女生在眼前摔倒等等。但以前住在什麼樣的房子、讀過的學校叫什麼名字、要好的同學是誰，這些基本的事完全不記得。

父母說，這是因爲希彥在小學即將畢業前遇到車禍的關係。他的頭部遭到重擊，昏睡了約一個月之久。即使聽到這樣的說明，希彥對這件事也完全沒有印象。

聽到這件事時，希彥也不怎麼感到震驚。就算不記得以前的事，現在的生活也沒有任何不便。希彥遇到車禍前，家裡原本就預定要搬家，搬家後同學裡面沒有讀同一所小學的朋友，也不是什麼奇怪的事。希彥只有一個朋友阿智——佐藤智弘。反正自己在小學一定也沒什麼朋友。

對此希彥也沒有什麼不滿。會和佐藤變成朋友，是因爲兩人在班上都是異類。佐藤格格不入的原因，應該是因爲他過度宣揚自己的興趣了。他身上佩帶著似乎是自己做的、稱不上畫得好的動畫角色飾品，成天捧讀似乎是同一部動畫封面的輕小說，那副模樣，實在不像是需要朋友。希彥不是那種動漫咖，但他有自覺，自己屬於那種相當迷糊的類型。各種事情總是在他出神的時候自顧自地發生，把他拋在後頭。希彥覺得自己無法打進同學之間，主因也是這樣的步調落差。就算交了朋友，最後一定也只會讓對方失望，因此擁有自己的世界、也不太會干涉希彥內在的佐藤，距離感對希彥來說剛剛好。

走下階梯，桌上已經準備了兩人份的早餐。父親的診所也提供到府看診。父親應該是去看診了。

「感謝天父的慈悲。」

希彥言不由衷地形式性祈禱。他只是習慣性地重複父母交代的話。

在笑吟吟的母親守望下，他把兩片吐司、淋滿奶油的起司歐姆蛋、德國咖哩香腸、沙拉全部吃完，離開家門。

天空乾爽晴朗。深吸一口氣，有木香花的馨香。是春天的氣味。

他呆呆地看著景色往前走，不知不覺間穿過商店街，來到學校。這裡是東京的老街，整體來說，大部分人都相當親切隨和。有許多對任何人都會攀談的熱心大嬸，上學途中，總是被她們的招呼聲「慢走啊」點綴得相當熱鬧。但她們也不會向希彥攀談。希彥只是留意不撞到人，穿過校門，換上室內鞋，進入教室。他到現在都還是不習慣新教室，但發現換班之後還是跟佐藤同一班，覺得很開心。

「早，阿智。」

在視野中發現佐藤，希彥打了個招呼。

「喔……」

佐藤從桌上抬頭。

「咦？你怎麼了？」

佐藤的額頭上有塊灰色的痕跡，顯然不是睡覺壓出來的。佐藤連忙撥亂了劉海，有些高禿的兩側額頭被遮住了。

「沒事啦。不要一直看啦。」

「抱歉。」

漣漪般的笑聲擴散開來。回頭看後面，升上國二後突然變得愛打扮的一群女生正吃吃笑著。她們和希彥對望，倏地別開目光。

希彥還沒來得及想她們在笑什麼，班導小崎郁夫就走進教室來了。

「大家早！」

全班同時回應，「老師早！」

小崎郁夫綽號「阿崎師」，很受學生歡迎，但希彥不太喜歡他。理由之一是他的嗓門異常洪亮，另一點則是他經常說些揶揄宗教的話。

剛上二年級沒多久，小崎在教室前面叫住希彥。希彥雖然內心對班導的大嗓門感到吃不消，但還是回應問話，結果小崎突然說了類似「如果你有煩惱，可以跟老師說」之類的話。這到底是什麼意思？他反問，老師說：

「家裡搞宗教那些的，一定很辛苦吧？放心，老師對這方面很寬容。」

確實，希彥的父母是虔誠的基督教徒，每星期都會跨區去教堂，對有些人來說或許顯得奇怪。而且他聽父親說過，日本人對宗教傾向於敬而遠之。尤其是對某些基督教派，經常抱持偏見。所以對於旁人可能會表現出來的排斥，他已經有了心理準備。但「搞宗教那些的很辛苦」這話，顯然帶有侮蔑的意圖。這句話本身固然讓希彥感到受傷，但居然有大人堂而皇之、毫不顧忌地說出這樣的話，更讓他感到震驚。當時他只是簡短地回說「我很好」就離開了，但事後愈想愈生氣。是不是應該反駁幾句才對？他覺得慈祥的父母遭到了否定，當天晚上哭著入睡。

哄堂大笑讓希彥回過神來。

剛才吃吃偷笑的女生，現在說著「阿崎師讚透了」，拍手爆笑。小崎擺出搞笑的表情。應該是說了什麼耍寶的話吧。

希彥瞄了佐藤一眼。他又趴在桌上了。全班沒笑的搞不好只有自己跟佐藤。

第一堂課結束，希彥走向佐藤的座位。上星期他向佐藤借了漫畫。是四格漫畫，主角是組成樂團的四個女高中生，他們一起在佐藤家看了動畫。他說角色很可愛，佐藤便開始大力訴說原作有多棒，形同強迫地把全套漫畫塞進他的書包了。故事情節雖然沒有太多高潮起伏，但就如同作者的畫風，內容溫馨，不會傷害任何人。

「阿智。」

希彥走過去，正想說「漫畫很好看」，發現了異狀。

平常都會裝模作樣地慢吞吞爬起來的佐藤，今天卻依然趴著。

他正想再叫一次，被旁邊走過來的人撞到打斷了。

是整個二年級裡面外表最像不良少年的井坂。井坂塊頭魁梧，肌肉發達，看上去一點都不像國中生，跟電視上常看到的一個叫鈴木的演員有點像。井坂很受女生歡迎，身邊總是圍了一群人，但言行粗暴，所以希彥絕對不想跟他有任何瓜葛。幸好就連有一次兩個人單獨負責整理資料室時，都只是稍微打個招呼就結束了。井坂對希彥沒什麼興趣吧。

井坂就這樣走向佐藤，故意朝他的背撞上去。

「擋路啦！」

井坂沉聲啐道，佐藤的身體震了一下。

「哈哈，明明就醒著嘛！」

全班爆出一陣笑聲。是朝會時那種讓人不舒服的、感受到同儕壓力的笑聲。

即使如此，佐藤依然沒有起來。

「就只知道睡，才會胖成豬。」

井坂說道，望向愛打扮的那群女生說：

「喂，小葵妳過來，把他叫起來。」

一群女生裡面個子特別頎長的矢內葵嬌聲笑了起來。

「才不要哩，他身上都是汗吧！」

又是一陣哄笑。

暴力性的笑聲過去後，井坂冷不防一腳踹起佐藤的椅子。佐藤發出呻吟。

「豬啊，噗噗噗吵什麼吵。外表不夠格當人，至少內在要像人一點吧！」

井坂說完，回去自己的座位了。即使如此，佐藤還是沒有抬頭。就在這時，上第二堂課的老師進來了，希彥沒能歸還漫畫。

這一整天，希彥都無法專心上課。午休時間也是，一下課佐藤就被井坂不曉得帶去哪裡了。氣氛一點都不友好。就連成天傻呼呼的希彥都明白發生了什麼事，是霸凌。

怎麼會變成這樣？

星期一的時候明明都好好的。井坂氣焰囂張、矢內那群女生也不必要地大聲喧鬧，但這些都是老樣子了，實際上他們也沒有特別做什麼。佐藤也像平常那樣，在自己的位置讀輕小說。

星期二或許發生了什麼事。星期二希彥爲了每個月一次的定期健檢，學校請假一天。

那段期間到底發生了什麼事？

第五堂一下課，佐藤就跑著衝出教室，放學前的班會也沒來參加。他的東西也不在了，應該是回家了吧。

小崎走進教室，開始說起什麼來。他平常根本就不關心佐藤，所以也沒發現佐藤的坐位空著。

「阿崎師，佐藤同學不見了！」

一個男生掐著尖高的嗓音告狀，教室四面八方傳來竊笑聲。

「咦？是嗎？……啊，眞的，人怎麼不見了？眞是沒救了。」

那句「眞是沒救了」又引發笑聲。小崎似乎是對反應良好感到開心，得意忘形地滔滔不絕起來。

他滑稽地模仿佐藤平常的樣子，結果再度引發笑聲，他繼續搞笑。

噩夢般的個人搞笑最後，小崎擺出燦爛的笑容說：

「嗳，如果到了一個年紀，都還不能從阿宅畢業，就沒辦法成爲正經的大人嘍！」

那麼，大家再見。起立！敬禮！老師再見！

同學回去以後，希彥仍遲遲無法站起來。

佐藤確實是有些問題。基本上佐藤遇到感興趣的話題，就會機關槍似地說個不停，完全不聽別人說話。他完全不隱瞞對動畫的熱愛，那種態度或許也會讓一些人覺得反感。

就算有人說他過度沉迷於自己的世界，眼裡沒有別人，也是沒辦法的事。

可是，這是多壞的事嗎？

至少佐藤不會像井坂或矢內那樣欺壓別人，也不像小崎那樣擺出一副自己都是對的的態度。那種人根本沒資格高高在上地教訓說一個人應該如何。

不知不覺間，管樂隊的練習聲傳進教室。學校規定，沒參加社團和委員會的學生要立刻回家。希彥收拾東西，搖搖晃晃地走出教室。他不舒服極了。

2

一星期過去、兩星期過去，對佐藤的霸凌仍沒有解決的樣子。不僅如此，狀況還更變本加厲了。

一開始是希彥目擊到的那種故意撞到、在本人附近說壞話、取一些來自身體特徵的侮辱綽號這種程度。當然，這些也夠殘忍了，但比起現在實在好多了。現在佐藤面臨反覆無常的暴力攻擊，就連難過的反應都受到嘲笑。井坂和他的跟班等部分同學殘忍的行徑，由於那天小崎在放學班會公然嘲弄佐藤，擴散到全班了。連見狀皺眉的人都沒有了。對佐藤的霸凌成了一種娛樂。

今天佐藤也遇到殘忍的對待。

除了內褲以外，他全身的衣服都被沒收，被迫在黑板前跳偶像舞。男生圍在他旁邊起鬨。佐藤雙腳打結踉蹌，其中一人就拿塑膠尺惡狠狠地抽打他的背，說是「指導」。長尺抽在脂肪充足的皮膚上，發出清脆的聲響。佐藤的臉痛得扭曲。眾人見狀，鬧得更開心了。

希彥好想摀住眼睛。

到底怎麼會變成這樣？

確實，佐藤國一的時候偶爾也會被戲弄，不過那眞的是很輕微的戲弄，是故意用盛氣凌人的態度跟他說話，看他的反應取樂而已。一年級的時候，那些捉弄的男生只有附近有女生的時候才會這樣做，所以看在旁人眼中，是幼稚的逞威風，但他們應該是嚴肅地想要炫耀自己是具有強烈魅力的雄性，讓希彥覺得很傻眼。佐藤也不當一回事，說「跟白痴認眞也沒用」。

但現在不一樣。

不光是井坂的關係。就算製造契機的是小崎，當然也不全是小崎一個人的責任。

就好像整個班上蔓延著不知其來何自的黑色瘟疫，被瘋狂的氛圍所籠罩。否則向來乖巧的女生群不可能看到如此殘酷的光景，還捧腹大笑。

「再一首！減肥減肥！」

有人說，再度引發哄堂大笑。

佐藤口中發出細微的呻吟。他的目光和希彥對上了。是求救的眼神。

希彥起身，衝出教室。

無法原諒。

最無法原諒的就是自己。他太軟弱了。連「這樣是不對的」都說不出口，連去叫老師制止都做不到，如此軟弱的自己讓他無法原諒。

希彥跑出走廊，腿一軟坐在柱子後面。淚水幾乎奪眶而出，但他拚命按住眼頭克制。他沒有資格哭。

「喂。」

正用力閉緊眼睛好半晌，這時頭頂傳來聲音。

「井坂……同學。」

井坂站在那裡。不可能是從教室裡出來的。他是從樓梯上來的。

希彥感到意外。確實，井坂好像不在那群人當中。他怎麼會沒有加入凌虐佐藤的陣容？

「上課鐘聲要響了。」

雖然態度冷漠，語氣卻是平和的。不像罵佐藤「豬」、「垃圾」的口氣，也不是對矢內那些女生說話時耍帥的聲調。這太奇怪了。這豈不是就像——

「唔，這話我來說也沒有說服力呢。」

——豈不是就像個普通人嗎？

井坂露出反光的牙齒矯正器地笑了。希彥只是滿心恐懼。能對佐藤做出那麼殘忍的行爲的人，怎麼能露出如此天眞無邪的笑容？他希望井坂是個對任何人都一樣凶暴、會只因爲跟佐藤友好就一視同仁地霸凌對方的人。希望他是個會做出異常行徑的不正常的人。如果不是這樣，那就說不過去了。

希彥想要站起來，令人驚訝的是，井坂伸出手來。希彥怯怯地伸手，井坂抓住他，把他拉了起來。雖然才國中生，但井坂手指粗大，節骨分明。他的視線仍然對著希彥。希彥正在猶豫該說什麼，井坂直盯著他說：

「我說你啊，你想過自己的等級嗎？」

「等級……？」

希彥不解其意，重複井坂的話，井坂嘆了一口氣。

「我是說，跟匹配的人往來比較好。」

什麼意思？希彥還來不及問，上課鐘就響了。井坂就這樣走上樓去了。希彥沒有追上他，進入教室。

佐藤穿著制服，但衣著凌亂，就像只是披在身上，全身不住地哆嗦。看起來不像是恐懼造成的顫抖。希彥定睛再看了一眼，發現佐藤的手腳被綁在椅子上。

教室裡兵荒馬亂，充斥著為下一堂課做準備的雜音，沒什麼人注意到佐藤。因為下一堂課的林老師雖然是個老人，但人高馬大，要是有學生忘記帶東西或遲到，他會一路訓到學生哭出來為止，非常可怕。

希彥下定決心走向佐藤，撕下捆綁他手腳的膠帶。背後傳來刺耳的嘖舌聲。八成是倉橋，他是井坂的跟班，總是率先霸凌佐藤。希彥想到倉橋眼角上吊、充滿惡意的嘴臉，全身瑟縮。但他盡量不去想，專心撕下纏了一圈又一圈的膠帶。

上課鐘響起，幾乎同時，膠帶全部撕下來了。

瞬間，佐藤以他的體型完全無法想像的速度衝出教室。

佐藤！怒吼響起。是林老師在走廊發現他吧。希彥趁機回到自己的座位——背後感覺到倉橋瞪著他的視線。

放學班會一結束，希彥立刻前往佐藤家。

奇怪的是，林老師的課結束後、午休時間，還有其他下課時間，倉橋都沒有對希彥出手。林老師的課一結束，倉橋便忙著討好和矢內一起回到教室的井坂，或許根本忘了希彥。

希彥有些匆促地走下學校前面的坡道，最底下就是佐藤家。

乳白色的灰泥牆處處缺損龜裂。這棟小房子要供佐藤一家五口，父母和三個孩子居住，感覺似乎有些擁擠。希彥以前來過一次，他什麼都沒說，但過了一小時，佐藤就說「我們去外面吧」，他照做了。佐藤的話帶有些許羞恥。現在屋子庭院比起那時候雜草更長，伸出馬路，看起來窮酸了許多。

希彥避開往上生長的雜草，按下門鈴，門打開來，一名肥胖的中年婦人走了出來。婦人染成紅褐色的頭髮隨意紮在後腦，拖鞋踩得巴嗒響，靠近希彥。

「你好。」

「啊，妳好。」

正在回想眼前的人是誰的希彥連忙回應。是只見過一次的佐藤的母親。

「今天怎麼來啦？」

「喔，這個……」

希彥提起黑色的背包。佐藤把背包丟在教室就回家了。

佐藤的母親盯著希彥手上的背包片刻，很快地「喔」了一聲，收下背包。

「要叫他嗎？」

聽到這話，希彥點點頭。

佐藤的母親聽了，轉向屋裡怒吼：「阿智！過來！」沒聽到佐藤的回應。取而代之，傳來小孩刺耳的「呀哈哈哈」歡鬧聲。兩個小孩推擠著從門裡跑出來。應該是佐藤的弟妹。

「你們鬧夠了沒！」

佐藤的母親低吼一聲，把小孩子踹進家裡。這不是比喻，眞的是用踢的把人踢進去。遲了一拍，響起震耳欲聾的小孩哭聲。

嗚哇啊啊啊！嘎啊啊啊！哭得就像南國不知名的怪鳥。

「醫生家的小孩，一定不敢相信這麼多人塞在這種小地方怎麼過活吧？」

佐藤的母親以混濁的眼神看著希彥。聲音裡充斥著滿滿的嫉妒、憤怒、悲傷等負面情緒。曝露在不容錯辨的惡意當中，希彥的心臟怦怦跳動起來。他不記得自己是怎麼結束這場拜訪的。總之他沒有見到佐藤就回家了。

回到家以後，黏附在身上的惡意殘渣仍然揮之不去。佐藤的母親說的話，比凌虐佐藤的同學那些直接的唾罵更要沉重太多了。

「你想過自己的等級嗎？」

井坂的話再次浮現腦海。

希彥再怎麼遲鈍，也明白這個詞代表了什麼。

等級。

希彥家很有錢，恐怕比井坂以外的任何一個同學家都更有錢。

井坂能夠那樣目中無人，當然也是因爲他本身粗魯的性格、來自出眾外貌和體格的自信，但最主要的原因，還是因爲他家很有錢。井坂的父親是大建商的老闆，所有人都敬畏他三分。同學家幾乎都是開店做生意的，或多或少每一個家庭都受到井坂家對地方政府資助的滋潤。

這塊土地，當地社群十分團結，川島家能夠被接納，最主要的原因也是因爲希彥的父親是醫師。

但希彥以爲這些背景，都不是國二的自己應該去顧慮的。希彥忍不住想像不容抵抗地成爲大人的自己。

希彥在學校功課很好。若是繼續維持這樣的成績，應該會和父親一樣成爲醫師。或許他會找到別的夢想。但任何情況，父母都會支持希彥吧。井坂也是一樣，他上面還有兩個兄弟，所以不會繼承建設公司，但他也能自由地選擇將來。

但佐藤呢？佐藤還有兩個弟妹，家裡經濟看起來並不寬裕。希彥其實也發現了，佐藤來家裡玩的時候，他的存錢筒裡的錢有時候會不見。

佐藤的母親提到「醫生家的小孩」。即使佐藤立志成爲醫生，他要實際成爲醫生，也需要希彥十倍、二十倍的努力。

希彥覺得胸口被壓了一塊重石。不管怎麼嘆氣，都無法挪開那塊石頭。

他向到府看診回來的父親報告今天發生的事。他沒有把佐藤的母親對他說的話說出來，而是說了佐藤遇到霸凌的事。

父母默默地聆聽希彥的話，但最後笑著說：

「你幫他撕掉膠帶，眞的很了不起。」

希彥想要開口，但父母搶先說：

「可是從今以後，最好不要直接制止。」

「爲什麼！」

「首先，我們很擔心你。」

面對激動的希彥，父親的聲音非常平靜。

「你體格纖細，而且從來沒有跟人打過架吧？對方是比爸爸還要高壯的男生，對吧？而且還有一群手下。就算正面和他們槓上，也只會讓你跟佐藤同學一起受傷而已。」

確實如此。撇開年齡因素，父母體格都很纖細，希彥也完全繼承了他們這項特徵。

「可是……」

「佐藤同學是否叫你救他？」

「沒有。」

「那你幫他，或許反而會給他造成困擾。」

希彥無法斷定「不可能」。

「希彥，你很聰明，所以我想你差不多能夠理解了。世上有許多冠冕堂皇的說詞，什麼大家都是好朋友、絕對不可以霸凌，也是其中之一。可惜的是……霸凌絕對不會從世上消失。可以說在團體當中，霸凌是必然會發生的現象。」

父親緩緩地咀嚼漢堡排嚥下。

「爸爸也曾經被霸凌過，也反過來排擠過朋友。排擠朋友，當然也是一種霸凌。但這些都沒有一直持續下去。風水輪流轉，被害人和加害人的角色會輕易互換。」

「那該怎麼辦才好？」

父親說的全是對的，可是這樣無法解決問題。

「只要默默等待輪到別人就行了嗎？」

父親搖頭。

「爸爸沒有這麼說。不過與其直接與加害人對決，還有其他你能做的事。」

「什麼事？」

「那就是盡量陪伴佐藤同學。」

父親微笑說：

「世界不是只有學校。你可以跟佐藤同學在學校外面盡量玩耍。光是有人願意聆聽自己抒發難過的心情，就是一件非常令人感激的事。爸爸以前也是如此。」

當然，低調地告訴老師這種狀況，也是一種溫柔——父親補充說。但希彥覺得就算告訴小崎，狀況也不會好轉。在穿短袖都會汗流浹背的悶熱日子裡，佐藤被逼著包得像大冬天一樣在走廊上走動時，小崎也只是笑他，「這在玩扮裝活動嗎？」也就是說，小崎要不是眞心不把這些行爲視爲問題，就是明知道卻置之不理。不管怎麼樣，小崎都是個糟糕透頂的老師。

既然如此，確實希彥能夠做到的，就只有「陪伴佐藤，撫慰他」了。希彥內心懷著疙瘩，點了點頭。不是因爲無法解決霸凌的無力感，而是佐藤母親的發言仍深深地傷了他的心。

3

臉上有種溫暖的感覺，希彥醒了過來。

一片漆黑。平常希彥入睡的時候，會開著一盞小檯燈。是忘記開燈就睡了，還是不知不覺間燈熄了？希彥以宛如罩了一層霧般的腦袋尋思者。

他就這樣睜著眼睛，躺著沒有闔眼，眼睛漸漸習慣黑暗了。

噫！喉間發出叫聲。眼前有人。是那人在對著希彥的臉呼氣。

他無法叫喊，也無法改變姿勢，不知爲何甚至無法閉眼，只能就這樣睁大雙眼一清二楚地看著眼前的人物。

是女人。

皮膚異樣白皙的女人。女人睁著幾乎要滾出來的一雙大眼，凝視著希彥。

嗯……女人出聲。嘴巴抿成一字型，發出尖高的吟聲。

沒有惡意，感覺不到怨恨那類感情。

女人只是注視著希彥。

然後她就像化入黑暗一般，逐漸消失。

希彥連一根指頭都動彈不得，就這樣迎接了早晨。

耶穌是我親愛朋友～

擔當我罪與憂愁～

合唱聲傳來，希彥終於能夠爬起來。全身冷得像冰塊，末稍發麻作痛。

他不顧身體的疼痛，跳下床鋪。

何等權利能將萬事～

鬧鐘響個不停。身體好痛。他猛地打開門，看見母親手抓在門把上，正一臉驚訝地看著他。

「媽！」

希彥喊道，飛撲上去。他沒有餘裕覺得丟臉，緊緊地抱住比纖細的自己還要嬌小的母親。

「媽！媽！媽！」

希彥喊個不停。母親怯怯地環住他的背，反覆摩挲。

「怎麼啦？」

即使母親柔聲詢問，希彥也只能不停地喊「媽」。

那個女人盯著希彥。

他不覺得害怕。然而不覺得害怕，這件事讓他莫名不安。

那不是夢。那個女人確實就在這裡。吹在臉上的呼氣觸感，到現在都還殘留在上頭。女人尖高的聲音，也能一清二楚地回想起來。

他不敢告訴父母。

要是告訴父母，肯定會被帶去醫院。定期看診的市立醫院醫師溫柔細心，但那種溫柔，最近讓希彥覺得有些發毛，甚至開始猜疑醫生是因爲每個人都說他是個「溫柔的好醫生」，所以扮演評價中的形象而已，實際上其實——總之，希彥覺得醫生只是從他的經驗當中選出醫生該說的正確回答而已。醫生並沒有做出任何有問題的行動，也完全沒有犯錯，但希彥已經無法信任他了。如果向醫生訴說，八成也會被當成妄想，被轉介到精神科去。

女人確實在這裡。不是妄想，也不是做夢。

希彥做了個深呼吸，從母親身上離開。

怎麼啦？母親再問了一次，希彥說沒事。

他說沒食欲，這天什麼也沒吃就離開家門了。父母擔憂的神情讓他心痛。

去到學校，當然也無法安心。

對佐藤的霸凌沒有稍減的樣子。

父親說「風水輪流轉」，但那會是什麼時候？

從上星期開始，佐藤被迫支付所謂的「存在稅」。他被同學用燒水壺強迫灌水，在上課時失禁，就是從那時候開始的。直白地說，就是勒索，但佐藤不可能有錢。他都窮到會從希彥的存錢筒裡偷錢了。佐藤的家境不富裕，同學也都知道這件事，卻恐嚇他付錢。佐藤付不出來，就拿這當理由揍他、踢他、罵他。和一開始的時候不一樣，佐藤現在連哭的反應都沒了。

希彥依照父親的建議，放學後積極邀佐藤來家裡玩，聽他說話，但這讓希彥感到痛苦極了。他完全不認爲這對佐藤有任何安慰作用。就算在一起，佐藤對希彥也幾乎沒有反應。有反應的時候，都是用幾乎聽不見的聲音，嘟嘟噥噥地詛咒著世界。說是在一起，也只是待在相同的空間而已，實際上希彥都只是在後面看著佐藤打電動或看影片。天色暗下來後，佐藤就搖搖晃晃地站起來，連聲道別也沒有，逕自返家。

有一次，佐藤的腳步實在太蹣跚，他放心不下，跟著佐藤走回家。然而在那裡目睹的光景，讓希彥更加痛苦了。

當時佐藤年幼的妹妹正在家門口玩，佐藤冷不防抬腳把她給踹飛了。遲了一拍，驚天動地的哭聲響徹四下。

「吵死了！」

佐藤沉聲啐道，用力摀住號哭的妹妹的嘴巴。妹妹痙攣發作似地抽搐著，希彥把她按在牆上，不停毆打。打到爽了，便把脫力的妹妹丟在地上，直接進入家裡。

一會兒後，妹妹搖搖晃晃地站起來。仔細一看，她的腳上有許多瘀青。

霸凌的順序會轉移，這或許是眞的。但並不是輪流，而是流向更弱的一方。

最近的希彥，每天只是束手無策地看著同學對佐藤霸凌，然後毫無意義地和佐藤待在同一個空間。

天氣悶熱，雨下個不停，這是唯一的救贖。這場雨結束後，夏天就來了。暑假期間，應該就不會有人惡整佐藤了吧？不，就算有，希彥也不用目擊現場了。

如果還有另一個救贖，那就是自從那次在走廊交談以後，井坂開始會找希彥聊天了。

起初只是稍微打招呼而已。接著發現兩人喜歡的音樂一樣，愈聊愈起勁，開始會閒聊了。聊天的時候，都是在無人的緊急逃生梯柱子後面。那裡井坂的跟班也不會來。兩人獨處的時候，井坂一改平時凶狠的模樣，用閒談的口吻說話。他告訴希彥，他兩個哥哥都很優秀，他沒考上哥哥就讀的私立名校，才會進入這所國中。確實，井坂和希彥一樣成績很好。希彥明白井坂對自己敞開心房，因此也對他知無不言。連沒有告訴佐藤的、他上國中以前的記憶模糊這件事也說了。

在希彥心中，佐藤已經不再是朋友，而是被迫扛起的重擔。諷刺的是，始作俑者的井坂，現在成了希彥最要好的朋友。

他也去井坂家玩過好幾次。井坂家的外牆一片純白，從大門到主屋的漫長通道，以不知名的色彩複雜的石板鋪成。精心打理的繁花圍繞的房屋，內部裝潢極盡奢豪，稍有差池就可能淪爲俗氣，每個角落都彌漫著宜人的橙香。

井坂的母親笑容滿面地說「請跟阿卓當好朋友喔」。井坂的名字叫卓也。「他第一次帶朋友回家呢。」希彥無從判斷井坂母親這話是眞是假，但從井坂漲紅了臉打斷母親的反應來看，或許是眞的。對班上中心人物的井坂來說，自己也是特別的存在，這讓希彥有些開心。

兩人都在井坂的房間打電動或看書，做的事跟和佐藤在一起時差不多，然而感受卻居然如此天差地遠，希彥感到很奇妙。可以說，除了家人以外，希彥第一次有了重視的對象。

兩人感情愈來愈好，這時希彥下定決心說：

「那個，阿卓……可以不要再霸凌佐藤了嗎？」

「啥？」

井坂從雜誌移開視線，瞪向坐在床上的希彥。希彥感覺到井坂如同在教室裡稱王時相同的威懾，忍不住別開了目光。井坂慌張地說「啊，不是」，站起來走到希彥旁邊坐下來。

「抱歉，我那樣感覺很差呢。」

井坂溫柔地握住希彥的手。希彥也握回去。

「也不是啦。只是……」

「我沒有霸凌他。」

井坂打斷希彥。

然後他娓娓道來。

從以前開始，佐藤就會偷拍井坂和他的跟班，附上嘲弄的文字上傳社群媒體。一個同伴發現這件事，逼問佐藤，但佐藤裝傻撇清。後來他們逼佐藤把照片全部刪除了。之前井坂會恫嚇佐藤，似乎就是爲了對裝傻的佐藤施壓。

對井坂來說，只要偷拍的照片被刪除就算了，至於後來怎麼樣，他不感興趣。

「因爲那傢伙噁心斃了。我喜歡美麗的東西。」

井坂門牙上的矯正器閃閃發亮。井坂說的美麗的東西，裡面或許也包括了他自己。

「可是……佐藤被踢被打……還有更嚴重的……」

「我可沒有動手。」

希彥感覺到井坂握住的手更用力了。井坂定定地注視著希彥。

回想起來，或許眞是如此。

現在最過分地凌虐佐藤的是倉橋。體育課還有在走廊的時候，有一群人總是聲音特別大，威鎭四方，而井坂是他們的中心人物，但只是這樣而已。而且井坂根本很少在教室。扣下霸凌扳機的確實是井坂，但現在仍在持續的噩夢般的暴力行爲，井坂並未參與其中。而且最早的起因是佐藤，他自己也有責任。

「我相信你。」

希彥不認爲井坂在撒謊。

「你可以叫他們不要再這樣做了嗎？」

「每次看到，我都會叫他們夠了。但他們對佐藤動手，多半都是我不在的時候。」

「是啊。」希彥點點頭。不是井坂命令的，是倉橋他們任意失控。就算井坂一個人說什麼，或許也影響不到失控的他們。相反地，甚至有可能動搖井坂的地位。佐藤偷拍他們，放在網路上嘲笑，井坂沒道義幫他這麼多。之前跟佐藤最好的希彥都不敢當面說什麼了，卻拜託井坂這麼做，他覺得太厚臉皮了。

「對不起。」希彥道歉，「這麼說來，你的確常常不在教室，你都去哪做什麼了？」

「哦，就跟小葵一起。」

井坂說到這裡，驚覺似地別開了目光。

「小葵？是矢內同學嗎？跟矢內同學在一起？」

「沒事啦。」

井坂板著臉說，放開希彥的手。希彥覺得好像不應該再繼續追問下去，含糊地笑了笑。井坂用力搔了搔頭，身體再次挨向希彥。井坂的手摟向腰間，希彥全身顫了一下。

「其實跟你在一起更快樂多了。」

井坂的另一隻手也伸向希彥。希彥變得就像被井坂環抱住。井坂的身體比希彥更有厚度，相觸的部分很灼熱，充滿了肌肉。

「我也是。」

希彥也小聲說。實際上就是如此。現在只有跟井坂共處的時間讓他開心。

坂本美羽 ②

坂本美羽並非不幸的女子。

1

因爲在救護車裡爆笑出來，好一陣子我被強制定期前往精神科看診。身體部分完全沒有異常，只有倒在地上時，手臂擦傷而已。

濺到臉上的血是未來的。

雖然不曉得是怎麼弄的，但未來在我面前爆炸了。我以爲是生肉的東西，其實是皮開肉綻、噴出內臟的未來的屍體。兩根白色棒子，是裸露的尺骨和橈骨，也就是手骨。只有握住我的手維持著白皙完整。

直到剛才還在交談的對象變成一團不會說話的肉塊，是無比震撼的體驗，若是發生在一般人身上，一定會造成心理創傷。但我不同。

我這個人不正常，一般人天經地義做得到的事，我全都做不到，但因爲不正常，反而因禍得福。我不僅不覺得這有什麼，甚至興奮至極。

未來死在我的面前，證明了她說的不是妄想。也就是說，我得到了一個絕佳的內幕消息。

晚間新聞播出了未來的名字。傍晚的新聞一定也報了，但我沒看到。

隔天我前往警察署，被兩名警察問了一堆問題。我重覆「我只是想打聽時下年輕人流行的都市傳說」的說詞。目睹年輕女生死在眼前，卻無動於衷的話，那就太奇怪了，所以我也裝出陷入錯亂的樣子。或許演得有點太誇張，但結果警方似乎沒有懷疑我。雖然我沒有寫作才能，但或許是個天生的演員。

警方說，未來的死亡，可能是「都內無差別連續殺人案」之一。警方也會朝這個方向偵辦吧。所以我得動作快。

警方找到未來的推特帳號，循線查到「托拉斯會」，也只是時間問題。萬一被發現，那就不是只有我一個人知道的獨家消息了。

我不打算把它寫成《魑魅魍魎》的報導。

我從很久以前就開了一個部落格，還有一個相關的YouTube頻道。我寫了幾篇以神祕事件爲題材的文章發表，但很快就放棄了。我介紹的全是知名事件，內容了無新意，只是改寫已有的知名部落格內容。這種事，寫的人自己最清楚。我只是想靠廣告收入賺點零用錢而已。但一點都不賺錢，所以很快就不玩了。

要是把托拉斯會的事寫成文章公開，絕對會引發轟動。

因為這絕對是只有我一個人知道的資訊。

但只有托拉斯會和未來的說詞，仍然是缺少可信度的胡言亂語。只會被當成網路上氾濫的假消息之一，引來訕笑，無疾而終。

我盯著字跡潦草的便條紙，是未來說的托拉斯會的住址。

去這裡看看吧。

確實或許有危險。那個所謂的希大人真的有不必直接觸碰對象就殺人的能力，一旦成為她的目標，似乎就只有死路一條。

但我知道。這就像紅極一時的漫畫《死亡筆記本》。就如同「死亡筆記本」這個名稱，在本子裡寫下姓名、死亡時間和死因，被寫下名字的人就會如同記載地死去。

希大人從未來那裡聽到霸凌加害人的名字。未來的朋友夏奈，還有那個姓山本的大叔也是如此。

只要不被知道名字，就不會被殺。

我露出微笑。感覺幸運女神終於眷顧我了。

森田傳訊催促交稿，我只回了一句「請找別人吧」，然後就不理了。這份工作就算丟了也無所謂。現在這時代，比起乖乖上班，當部落客或經營影音頻道賺得更多。

我用轉乘APP調查前往該地址的路線。

2

「好大的房子！」

這句話隨著驚嘆溜出我的口中。

未來形容「雖然很大，但只是普通民宅」，但這屬於「豪宅」的等級了。從宏偉的大門外可以看見石造屋牆，看起來和主屋有段距離。就算說它不是民宅，而是某些活動會場，感覺也能取信於人。居然說這種規模的豪宅是「普通民宅」，未來這女生果然還是很可惡。雖然那副土樣，但她家一定很有錢，過得衣食無虞吧。這麼說來，她父母可以不當一回事地叫女兒「不用去上學也沒關係」。我查了一下未來就讀的「櫻花園」，學費也相當昂貴。不行，現在必須專注在眼前的事。

我撩起劉海，手伸向門鈴。

「請問有事嗎？」

背後傳來聲音。回頭一看，一名嬌小的老婆婆正對著我微笑。

環保袋裡露出蔬菜。是這戶人家的人。從未來說的話來推測，這個老婆婆就是「媽」吧。

我壓抑興奮，遞出名片說：

「妳好，這是我的名片。」

名片上印刷著「橋本美優」、「諮商師」。是急就章印出來的假名片。

老婆婆把東西放到地上，雙手接下名片。她的動作太恭敬了，我感到有些良心不安。

「我從一位姓相澤的同學那裡聽說這裡的醫師，心理諮商非常高明，我身爲同行，非常感興趣。原本應該先預約時間再來，但不巧我只知道這裡的地址。」

老婆婆將名片收進錢包裡，轉向我說：

「未來啊……這樣啊。」

未來已死這件事，托拉斯會的人當然都掌握了吧。未來剛死，就有自稱聽她提到這裡的人來訪，會引起戒心也是難怪。當然，我也準備好藉口回答這個問題了。

但老婆婆的態度沒有改變。

「這裡不需要預約。還有，橋本小姐，我們並沒有在做心理諮商。」

「呃，可是相澤同學說因爲這裡的醫生，她在心理上獲得極大的幫助。」

「我們什麼都沒有做，就只是聽她訴說而已……反倒是可愛的未來爲我們帶來許多歡樂。」

聽到「可愛」兩個字，我差點笑出來。未來這個女生光是看到就讓人不耐煩，根本是可愛的另一個極端。我咬住臉頰內側憋住笑，繼續說：

「哪裡，這裡的醫生或許沒有學習過正規的心理諮商，但只是聆聽對方說話，就能拯救人心，這毫無疑問是傑出的諮商技巧。所以我希望務必能求教一下。」

我用可能有些過頭的低聲下氣態度如此懇求。老婆婆笑著沉默了片刻，接著開口說：

「妳說的『醫生』今天在，妳可以見到她。」

「啊，那……」

「可是她不是醫生，所以希望妳可以不用這樣說話。」

老婆婆的口吻徹頭徹尾地溫和。

「我都叫她小希……總之她是個普通的孩子。請不要叫她醫生，或是把她當成什麼特別的人對待。」

是在說「希大人」。未來說的果然是眞的。

但是對照未來的說法，如果不希望把「希大人」視爲特別的存在，卻又讓別人尊稱她

「大人」，這根本彼此矛盾，可疑到家。

「這樣啊，是我太冒昧了。」

老婆婆說著「沒關係」，按下手中的開關。

門發出聲響打開了。原來是自動門？更不像「只是很大的普通民宅」了。

「請進。」

我跟著領路的老婆婆經過石板地。不管對方怎麼想，總之她似乎願意讓我見希大人。我再三道謝，在不引起疑竇的範圍內四下張望，用關掉音效的手機拍攝美侖美奐的花卉，和花壇柵欄上奇妙的花紋。老婆婆一次都沒有回頭看我。

打開玄關門，我再次感到驚奇。格局或許確實是民宅，但規模完全不同。光是一瞥，就看到走廊左右有多達六道門。就像未來說的，盡頭處有樓梯，好像上下都有樓層，看上去可以輕易容納一群人在這裡過夜。

「請在這裡稍待一下。」

老婆婆來到盡頭左側的門前說。我點點頭，心想那是未來提過的希大人的房間。老婆婆提著環保袋進入房間了。確定老婆婆離開後，我偷偷打開錄音機電源。

房間裡傳來聲響和說話聲，但即使拉長耳朵，也聽不見說話內容。或許老婆婆正在報告「來了個可疑女人」，但就算對方起疑，反正我不會再來第二次了，只要能和希大人說上話，其他都不重要。我忍不住滿腦子都在盤算，要怎麼樣才能想出一個夠聳動的標題？反正網路鄉民對什麼眞相才沒興趣，他們只想要更噁心、更殘忍的內容。

感覺過了約十分鐘，老婆婆從房內出來了。

「抱歉讓妳久等了。小希說想跟妳聊聊。」

老婆婆拍了拍我的肩膀。我行了個禮，她便柔聲提醒：光線很暗，小心別絆到了。

我慢慢地推開門，裡面確實很暗，只能勉強辨識出物體。我反手關上門。

啊，這確實不需要照明。

遠遠超乎想像。

一名美豔絕倫的女子孤伶伶地坐在黑暗中。

不必靠近，也看得出她的頭髮和肌膚明豔照人。即使沒有光線，漆黑深邃得可怕的眼睛仍燦爛生輝，感覺就像浮現在夜空的兩顆燦星。

「站得那麼遠，沒辦法說話啊。」

我答不出話來。無法想像我們一樣是人類。

「請坐在那裡吧。」

受到操縱一般，腳動了起來。不知不覺間，她的臉就在眼前。

甚至連與她對望都讓我愧疚。

萬一她因爲眼中倒映出我，害她的美麗稍有減損，那該怎麼辦？我淨是擔心這件事。

我無法粉飾。我的眼睛違反意志，不安地轉動，心跳如擂鼓。預先想好的話全部從腦中漏光了，什麼都想不出來。

「沒事的。」

希大人微笑。

「我、我是……那個，諮商的……」

「妳可以坦白沒關係。」

她的聲音就像溫熱的巧克力，濃稠地化開來，沁入體內。

「什麼都可以說。我想聽妳的眞心話。」

不行了，我心想。

同時我想：得救了。

在她的面前，沒必要粉飾自己。

我這無可救藥、毫無意義的人生，可以全部告訴她沒關係。

沒事的。

✦ ✦ ✦

我的名字叫美羽。這個名字其實沒什麼特別的由來。

我這個人也可有可無，所以這是當然的呢。

我的人生從一出生就是枉然。

我的父母都不希望我生下來……不，不對，我認爲他們甚至不曾明確地覺得我礙事。

從我懂事的時候開始，父母之間就沒有對話了。

在我的記憶中，全家只曾一起出遊過一次。

我們帶著還是小嬰兒的弟弟，一起去箱根坐了遊覽船。第一次坐船，我很開心，湖水也閃亮亮的很美麗，我說「媽媽，好棒」，「爸爸，好好玩」，但媽媽只是看著哭泣的弟弟，說「所以我才不想來」，爸爸從頭到尾臉都很臭，坐在紅色的座位上。餐點的味道、觀光的地點，我都不記得了。我一直拚命追趕兩人的腳步，免得追丟了。因爲沒有人要牽我的手。如今回想，要是那個時候死心別追了，被別人拐走，或是就那樣死掉，或許還比較幸福。

上小學的時候，爸爸不回家了。

我不知道是因爲他在外面有女人了，或者其實也不是，但我並不覺得奇怪。因爲父親一直表現出嫌家人很煩的樣子。爸爸從來不曾打罵我，好像連這種興致都沒有。

我媽一直只顧著弟弟。因爲弟弟長得跟媽媽一模一樣。我長得像爸爸，媽媽當然才不想看到我。我弟弟小時候很可愛。臉圓圓的，眼睛很大，不過現在肥得就像一頭豬。

但爸媽還是供我讀完高中，我很感謝他們。

弟弟一年比一年瞧不起我這個姊姊，我也很討厭他。爸媽讓他讀到私大畢業，他現在卻是個啃老族。但即使這樣，我媽還是很寵他。

爸媽不喜歡我，是因爲我也有問題。

我從小就幾乎沒有朋友。我沒有被霸凌過。因爲我連惹來霸凌的顯眼特質都沒有。雖然有說話的對象，但沒有感情特別好的同學，感覺就只是存在於那裡的學生之一。國高中都一樣，就只是存在於那裡，可有可無。

至於連朋友都沒有的我都在做些什麼，我一直在寫小說。用爸爸留在家裡的老文書處理機寫。上高中以後，則是用打工存錢買的中古筆電寫。

妳知道J．K．羅琳嗎？知道吧？《哈利波特》的作者。

我以前很喜歡哈利波特。坦白說，現在還是很喜歡。

小學的時候，我成天幻想海格來到家裡，挖角我前往魔法學校。我寫的小說也是，都是瑪麗蘇（註）那一類，寫的都是我出現在《哈利波特》的世界裡活躍的情節。

上了國中，我得知有小說家這種職業。對，就是看了村上龍的《新工作大未來》這本書。記得上面提到「作家這個職業，想要的時候就可以做。所以請體驗其他職業，多多學習，累積經驗，創造出只屬於自己的世界」——這是我自己的解釋啦，總之書上寫著類似內容。可是，我沒有把這部分看得太重，只是天眞無邪地相信：啊，原來有這麼棒的職業，可以寫我最喜歡的小說過活。

我還是很喜歡奇幻作品。

不是現在流行的異世界轉生、主角最強的那種，而是《哈利波特》、《魔戒》、《納尼亞傳奇》那種海外兒童文學。我想要寫出那樣的小說，讓它們成爲如同過去的我的寂寞孩童

註：Mary Sue，指虛構作品當中宛如作者理想投射的角色，通常無所不能，受到其他角色喜愛。多半出現在青春期的青少女筆下的二創故事之中。

的朋友。

可是，我果然也沒有這方面的才華呢。

我從高中就一直到處投稿，眞的連沒有人聽過的小獎都去投。

可是全都石沉大海。

結果還是不行。《新工作大未來》寫的是眞的。我這麼笨，又沒什麼人生經驗。人生經驗是與朋友的往來——也就是社會性之類事物的累積。我一直到來到東京，才發現這件事。

我只有寫的文字量不輸人。雖然寫出來的都是些廢文啦。

電影《鬼店》裡面不是個有場景嗎？主角小說家打出厚厚的一疊文章，結果紙頁上全是All work and no play makes Jack a dull boy。我的文章就跟那一樣。

我就這樣浪費了多少電費？總之，眞的是浪費。

我還以爲逃離了討厭的家人和故鄉，終於可以專心寫小說了。結果什麼都沒有改變。

所以我放棄成爲小說家了。

放棄成爲小說家，想要改當編輯。

雖然很可惜地，我無法創作出任何事物，但可以從奇幻愛好者的角度，對寫出美妙作品的人，建議修改哪些地方，讓作品變得更有趣。而且我很守時，也擅長單純的工作內容，所以我覺得自己應該能夠勝任。

眞的很蠢呢。連自己都覺得難怪只有高中畢業。

結果就算是編輯，也只有聰明人才做得來。倒不如說，這不是天經地義的事嗎？編輯當然都比作家更聰明啊。每個編輯不僅都有大學學歷，而且還是如雷貫耳的東大、早稻田、應慶這些名校畢業生。而且還具備超群的溝通能力。

當然不會有出版社要錄取我這種人。換成我是作家，才不想跟這種女人共事呢。因爲怎麼能放心嘛？

所以我放棄了——這話依然是違心之言。小說家。都已經這樣了，沒必要再撒謊了呢。對不起。正確地說，我是徹底挫敗了。

先不論編輯的事，直到最近，我都一直在網路上投稿。現在有很多喔，像是「成爲小說家」、「KAKUYOMU（註）」、「AlphaPolis」這類投稿網站，總之就算沒有得獎，也可以靠投稿這些網站出書。

註：KAKUYOMU在日文中即為「寫讀」的意思，是日本角川底下的小說投稿網站。

大概一年以前吧，有人來找我出書。啊，不用恭喜我，因爲那是詐騙。是出版詐騙。現在流行網路作品出書，所以這類詐騙好像也盛行起來了。

「敝社在網路上拜讀了您的大作，非常精彩，希望能由敝社出版實體書籍。」看到這些內容，對方還用「老師」敬稱我，我喜上雲霄。

封面插圖只是在網路上撿來的圖片加上文字，然後收到初版的版稅匯款——雖然只有少少的十萬圓——對方又說「因爲賣得很好，我們想要繼續推出續集，爲了通過企劃，請匯錢進來」，我完全不疑有他。因爲我太笨了。收到十萬圓匯款，卻被騙了一百五十萬，眞是沒救了呢。存款幾乎都沒了。

現在我身兼五個打工，做餐飲或清潔工，要不然連房租都付不出來了。

可是卻對人自稱什麼「雜誌社專屬記者」，眞是有夠白痴。

我在做的，是在刊登全是胡扯的垃圾文章的雜誌幫忙補白，寫些減肥書、宗教宣傳之類的文字。我剛才不是說，我唯一的可取之處就是寫得多嗎？就算是All work and no play makes Jack a dull boy，只要能塡補空白，那也就夠了。

我胸部很大，對吧？所以就算長這樣，還是有人願意雇我。雖然是爛透了的垃圾出版社。

文字工作者其實也是一份非常了不起的工作，是創造的一方。我明明什麼都沒有創造，卻想要這個頭銜，所以不顧一切緊緊抓住。

我沒有去做特種行業，是因爲我沒有勇氣。只有一次因爲採訪工作，我跟做特種行業的小姐聊過。她說她迷上牛郎，散盡財產，可是她比我更了不起，因爲她可以把身體交給根本不喜歡的男人，就算只是暫時的，也能對客人溫柔。而我明明這麼蠢，卻只有自尊心高得跟什麼似的。

這種人根本不可能談什麼正常戀愛。

我不久前還在交往的同居對象，他叫智樹，是個很普通的人。他在一家小公司當業務，也不是長得特別帥，但算是普通體貼，對我這種人來說，算是高攀了人家。雖然我只有高中學歷，他也不會因爲這樣而瞧不起我。

可是從很久以前開始，他就說他喜歡上別的女人，想要跟我分手，我們現在已經分了。我並不喜歡智樹，可是我想跟他結婚，也想要小孩。我想要結婚生小孩，把抱著孩子的照片寄回家。雖然冷靜下來想想，那些人就算看到我抱小孩的照片，應該也不會有什麼感覺吧。因爲他們連討厭我的感情都沒有。

我會來這裡——是啊，真的很抱歉，其實我本來想用這裡當題材寫文章，吸引話題，在網路爆紅，成爲網路紅人。剛才我說的成爲網路作家也是，這年頭比起腳踏實地的人，橫空出世、有話題性的人更受到吹捧，不是嗎？

說穿了，我就是想要像那樣一炮而紅。

可是，都不重要了。眞的，都無所謂了。

總覺得輕鬆了。

這就是我無可救藥、像空氣一樣平凡無奇的人生。

3

我向智樹的母親沙也加頷首致意。原本肥胖的沙也加比起數年前見到時更要消瘦了許多，看起來連路都走不穩了。這也是當然的，畢竟她遇上了白髮人送黑髮人的悲劇。

沙也加跑了過來。來到我面前後，她顫顫巍巍地依偎過來。

「美羽……美羽、美羽……我、我……」

沙也加以求救的眼神仰望我。

我強忍想要一把推開她的衝動。

「沒事的。」

沙也加對我說過的話，我沒有忘記。才高中學歷，眞丟臉、和家裡鬧翻，根本是長不大的叛逆期小孩、世上沒有不愛孩子的父母、上一個女朋友比較好——總之就是這類貶損。

「智樹總是很擔心媽，總是掛念著媽好不好……」

我垂下目光這麼說，沙也加「哇」得一聲哭倒。我使勁克制住差點揚起來的唇角。蠢女人。

我溫柔地撫摸沙也加的背部，沙也加不停地說「謝謝妳」。

我不會殺了這女人。

有些人比起死掉，活著更煎熬。

「凶手會回到現場」，這句話是虛構故事裡面的刑警說的嗎？還是眞實的刑警？不知道。不過我覺得這話是眞的。

我參加葬禮，是爲了親眼看看屍體。

鼻孔塞了棉花，身下墊滿鮮花，簡直白痴。

每個人都以這副蠢笨的模樣死去。

如此一來，活著的人見狀就會想：啊，太好了，活著眞是太好了，我比這傢伙好太多了。

我就這樣一路親眼見證我殺死的人。

這是第五個了。

第一個是弟弟。那時候我還有點怕。

我以為自己早就徹底瘋了，但似乎還有更瘋的餘地。第一次殺人，讓我驚慌失措。

許久不見的弟弟，是一具白得像磁磚的浮腫屍體。守靈結束，葬禮結束，在火葬場燒掉之後，我終於可以放心了。

弟弟死了。

我成功殺掉弟弟了。

原來，殺人是如此簡單。

我安心地掉下淚來。

變得像空殼的母親見我流淚，有些開心地微笑。

「原來妳也是有血有淚的。」

母親這句話，讓我決定下一個目標就是她。眞的太容易了。

就如同在我幼時便是如此，明明沒有絲毫愛情、卻不肯離婚的父親也一樣死了。雖然一口氣得到了三人份的保險金，但是爲他們辦完後事，也幾乎沒剩下什麼錢了。

第四個是跟智樹一起進賓館的女人，長谷川春奈，智樹算是順便。

如果要挑選下一個，應該是森田吧。他以形和強姦沒兩樣的做法，多次在戶外強迫我發生關係。做爲代價扔給我的，是微不足道的補白工作。願意讓我掛名的次數，連兩隻手都數不到。

自從那次我說「請找別人」以後，他就再也不給我工作了。我沒有聯絡他，甚至沒去公司，這是當然的。

但我已經獲得解放了。

沒有工作、錢會用完等等，我再也不必爲這類事情操心。

只要去托拉斯就行了。

在托拉斯，「爸」和「媽」會準備好餐點等我。

我也交了好幾個朋友。每個人都很好，很溫柔。

他們讀了我寫的《哈利波特》翻版一般的小說，叫我快點寫下去。我不再以自己爲主角，而是讓希大人成爲主角，也讓「爸」、「媽」及托拉斯的人登場。

我回去托拉斯，洗澡睡覺。

托拉斯是我們的家。

我聽了沙也加哭訴片刻，說「我要告辭了」，轉身離去。

就像弟弟那時候，我無動於衷。

但是看到折磨過我的人痛苦的模樣，我快樂極了。

離開殯儀館，走下坡道的路上——

「坂本小姐。」

我假裝沒聽見，繼續往下走。

「坂本美羽小姐！」

響亮、高壓的聲音。

警察都是這樣。

明明幾乎都跟我一樣只有高中學歷，卻高高在上，自以爲法律和秩序的化身，跩得跟什麼似的。

「什麼事？」

我裝出微弱的聲音，低著頭回頭。

那裡站著一個完全如同聲音所想像的剽悍男子。身高應該超過一八五公分以上。反正一定是因爲柔道還是劍道很強才被錄取的低智商男人。

「我們想請教妳一些問題。」

「是……」

家人一口氣死光，就會這樣。

我果然是個只有高中學歷的笨女人。

在這麼短的期間內，有這麼多跟自己有關的人死掉，當然會招來懷疑。

我太笨了，才會以爲只要遠離老家所在的靜岡縣，就不會被警察盯上。

托拉斯的人發動復仇的一連串事件，被稱爲「都內無差別連續殺人案」，事實上，我的家人死掉的時候，承辦的也是靜岡縣警那邊的警察。雖然他們很煩，但詢問的也只有保險金的事而已。

但結果因爲弟弟是溺死、母親死在深山、父親在上班時過世，時間和死法都不相同，而且他們過世時，我人都在東京，有不在場證明，因此靜岡縣警的兩名警察最後只留下一句「請節哀順變」就回去了。我確信，我只是被懷疑覬覦家人的保險金而殺人。

我眞的是笨到沒救。

其實我的案子只是被移交到都內的警察手中而已，根本還沒完。最近這名剽悍的男子和其他幾個刑警都在監視我的行動。

這些煩擾都是我自己播的種，我和智樹的關係一定也已經曝光了。

「啊，請往這裡走。」

可愛的聲音。

剛才我完全沒發現，但剽悍的警官旁邊還有一名女警。

個頭嬌小，頭髮紮成髮髻。

長相很可愛。

我一秒就討厭她了。

明明沒化妝，皮膚卻光滑白皙，臉頰還是玫瑰色的，眼睛也閃閃發亮。這女生一路活到現在，一定是備受寵愛。什麼都不用做，身邊的人也會寵愛她、呵護她，而她把這一切視為理所當然。就是完全沒接觸過世上骯髒的部分，才能一直保持純潔無垢。然後這種純潔無垢、坦率乖巧，又讓她討人喜愛。

跟我完全兩樣。

「坂本小姐……？」

女警探頭看我。

「抱歉……我還是很震驚……」

「說的也是呢，抱歉。」

女警露出驚覺的表情，神色變得憂愁。她應該完全沒有懷疑我在演戲吧。

警車停在坡道底下。沒有去到殯儀館，或許是他們最起碼的溫情。

我就像個罪犯，被要求乘上警車。

實際上人就是我殺的，因此不是「就像」罪犯，其實「就是」罪犯乘上了警車。

我裝出沮喪的模樣，避免和他們對望。

抵達警署後，我直接被帶進了偵訊室。果然跟罪犯的待遇沒兩樣，差別只在於有沒有上銬。

女警坐到我的正面。

女警好像名叫白石瞳，連名字都像晨間連續劇的女主角。

白石提出很一般的問題，像是我和智樹是怎麼認識的、他過世的時候，我在哪裡做什麼。

殺死家人時，這些問題我已經被問過好幾次了，但我裝出彷彿第一次回答的樣子，驚慌失措，還不時結巴。

白石和靜岡縣警的警察不一樣，她閒聊了很多事。

像是最近發生過什麼開心的事、有沒有去過新宿新開的費南雪專賣店。許多警察會利用閒聊，試圖套出嫌犯的眞心話，但我覺得白石有些不一樣。她的態度很自然，就好像在跟要好的同學相處。

我說「最近都是些難過的事」、「我不喜歡吃甜的」，她便露出打從心底覺得可惜的表情，又開始聊起跟命案完全無關的話題。

就連外行人都覺得話題脫線得太離譜的時候，自稱姓嘉納的魁悟警官清了清喉嚨。

白石縮起身體，微笑說「挨罵了」。

從嘉納的表情來看，對我的嫌疑似乎並未洗清，對我的監視或許也會變得更嚴厲。雖然覺得爲時已晚，但最好暫時不要去托拉斯吧。

「啊！」白石說要送我到玄關，跟了上來，卻忽然發出錯愕的聲音。

「怎麼了嗎？」

「沒有，喔，坂本小姐跟我住得很近耶。」

我遲疑著不知該如何回答，她便說：

「抱歉，妳的住址跟我住的女生宿舍很近……只是這樣而已。」

我一瞬間防備起來，難道她是在暗示她隨時都在監視我？但我立刻發現不是這樣。因爲白石的臉都羞紅了。

原來眞的只是閒聊的延長。

不過這種毫無城府的地方，也只讓我覺得不爽。

「眞的嗎？要是有什麼事，可以找妳幫忙嗎？」

我只是客套說說，白石卻把名片塞進我的手裡。上面甚至寫了像是私人的手機號碼。

我形式性地道了謝，這次眞的離開警察署了。

明知道不可以去，我的腳卻自然地走向托拉斯。我在前一站才想到，在那裡下了車。

就算白石沒問題，問題是嘉納。白石說我住的地方附近有警察女生宿舍，或許男生宿舍也在附近。搞不好嘉納也住在那裡。

他的眼神。

感覺不到攻擊的意圖，但我覺得那雙眼睛就像在說：我一直在盯著妳。

警方會觀察多久，才願意收手不再追查？

殺害偷走開店資金跑掉的女友的名張，還有殺害虐待雙親的看護的美里，好陣子都沒有出現在托拉斯，或許也是害怕遭到警方追查。但未來提到的「夏奈」——她的本名叫井上夏奈，她好像已經殺了差不多十個人，卻正大光明地泡在托拉斯。這是因爲她相信自己還未成年，不會有事吧。即使是未成年，若是犯罪情節重大，仍有許多被判死刑的前例。她就如同未來說的那樣，做事不經大腦，個性偏激。或許她完全沒有考慮到這些。或是她只能依附托拉斯，否則會不安得活不下去？

我理解夏奈的心情，因爲我自己也是如此。

對我來說，托拉斯就是家。不能回家眞的很難受。尤其是不能參加集會，更是重創。

明明還有那麼多非殺不可的壞人啊！

雖然我第一次在這一站下車，但周邊有許多小餐飲店，相當有趣。

滋味應該遠不及「媽」做的菜，但我買了一些外帶。

「啊！」

鞋子卡到地磚縫，差點跌進花店的植栽裡。但倒地前一刻，一隻結實的臂膀扶住了我。

我調整好姿勢回頭，那裡站著一個像沖浪玩家的男子。

「妳還好吧？」

「謝謝。」

我向他行禮說，男人說：小姐，妳長得眞可愛。

自從加入托拉斯以後，這種狀況增加了。男人看我的眼神變得貪婪閃亮。

也許是因爲發現只要除掉造成苦惱的人就行了，我的內心出現了餘裕。我常聽說，精神上的餘裕，會讓外貌變得更有吸引力。

我對那句「眞可愛」也回以道謝，小跑步離開。

確實，我以前渴望結婚生小孩，但現在一點都不想了。因爲我想讓他們看到我結婚生子幸福樣貌的人，都已經死光了。我並不是想要去愛別人，或是被愛。

所以就算有人像這樣欣賞我，我也一點都不感到開心。

如果說我希望有誰愛我，那就是希大人。但我覺得要是希大人愛我，也是不好的事，而且我覺得希大人根本不是俗人。

雖然不知道是怎麼辦到的，但希大人能夠從這個世上除掉壞人。希大人是神。除此之外，沒有其他可以形容希大人的詞彙。

背後感覺到視線。

或許是嘉納，或許是剛才的男人。不管是誰，最好都裝作沒發現。

我快步前往車站。

4

把窗簾掀開一隻眼睛的寬度，我嘖了一聲。

「那傢伙還在。」

是隨便找一站下車的地方遇到的貌似沖浪玩家的男子。

男子穿著黑色連帽T，或許自以爲藏身在黑暗裡，但從體格一眼就認出來了。

那個時候或許應該回頭的。那樣就能發現被他跟蹤了。

幸好他似乎還沒查出我住在哪一間。雖然是樂觀的期望，但搞不好他連我是住在這一棟，還是隔壁的破公寓都還不確定。

所以才會像那樣在外面守株待兔。自從第一次遇到他的隔天開始，他就一直在那裡監視。

我煩躁地想要點菸，打消了念頭。又不能出去陽台，怎麼可能抽菸。

讓我煩躁的不光是這個跟騷男而已。

還有白石。

我從她外表的印象，認定她是「優點只有坦率明朗的菜鳥」，結果大錯特錯。白石的本質是死纏爛打、滴水不漏，十足刑警個性。

只要出門，她就會不曉得從哪裡冒出來，邀我去喝茶。我婉拒說有緊急的工作，她就用一副少女的神情說「告訴我登在哪一本雜誌」、「好想讀讀看」。連我這種低能女都看得出來，她言外之意是在質疑：妳眞的有工作嗎？

托拉斯的事，她似乎也早就查到了，說「妳最近都沒在那一站下車呢」。我說我定期去那裡參加手工藝工作坊，她便摻雜著手工藝專門術語，說「我想看妳的作品」、「我也想參加看看」。

我的行動完全曝光，都被掌握了。我一清二楚地感覺到，警方只是在等我自曝馬腳。

因爲跟騷男還有白石的關係，我買東西全用網購，這一整個星期都沒有外出。

但明天是房租匯款期限，我眞恨自己爲什麼沒有設定自動扣繳。

在托拉斯交換過聯絡方式的女人橫田說，集會將在一星期後的星期天舉行。就算會引來懷疑、即使會遇到一些危險，我都想要參加集會。

出席集會之後，就第一個說出白石的名字吧。殺死白石以後，下一個就是嘉納。

他們是壞人。

只要稍微調查一下被害人——被視爲被害人的那些人就知道了。

他們折磨、傷害別人，是害別人過得比死還要痛苦的人，根本就是惡魔。

其實警察應該要逮捕的是他們才對，卻因爲警察怠忽職守，他們才能逍遙地活在世上。希大人和我們替警方懲奸除惡，反而應該受到感謝。

不顧自己怠忽職守，甚至把我們這些眞正的弱者、被害者當成罪犯看待，這已經不只是怠忽職守，完全就是邪惡的壞人。

壞人必須受到制裁。必須殺掉。

想起希大人美麗的臉孔，我的內心稍微平靜了一些。

我躺上床，閉上眼睛。

接下來睜開眼睛時，外面一片黑暗。

在奇怪的時間醒來了。我心想，拿起手機查看時間。

整個人跳了起來。

不對，我完全睡過頭了。

因爲沒工作，過著作息顚三倒四的生活，我的體內時鐘完全混亂了。

現在是晚上九點。立刻去超商ＡＴＭ匯款，還趕得上今天的匯款期限。這棟破公寓審核很寬鬆，就算是職業不穩定的女人也願意出租，但要是匯款晚上一天，房東就會嘮叨個沒完。

這種時間出門或許很危險，但還是非出門不可。

掀開窗簾查看外面。或許是老天爺幫忙，沒看到跟騷男。

我套了件寬鬆的連帽外套遮蓋體型，離開家門。幸好樓上正走下一名有些胖的男住戶。跟著別人一起離開，或許可以減少被發現的風險。

我躲在男人身後走出玄關，快步前往鬧區。

似乎沒有人跟在後面。

我直接走進超商，用ＡＴＭ匯了房租。

買了酒和吃的，離開超商。

超商周圍很明亮，也有一些人，但我必須再次返回冷清的地方。

或許應該搬離這裡比較好。

我沒有工作，所以沒有新的收入，存款見底、付不出房租也只是時間的問題。

沒有錢，不是什麼需要擔心的問題。只要去托拉斯，不管是熱騰騰的飯菜還是洗澡水，生活必需品應有盡有。

實際上也有好幾個人形同住在托拉斯。聯絡我的橫田也是其中之一。

「搬來一起住嘛。」

被這麼邀約，我很開心。

「對啊，大家住在一起很開心。」

「媽」也這麼說，「爸」也微笑。

果然還是只能殺了白石。還有嘉納，還有下一個來調查的刑警。

如此一來，我就再也不會遭到懷疑了。而且做到這種地步，警方或許也會死了心，應該就不會再來騷擾我們家人了。

才九點半而已，路上卻沒有半個行人。這種鬼地方還是——

「終於見到妳了。」

我被一股強大的力量從背後抱住。

就算想要回頭，身體也被牢牢地固定住，動彈不得。

「妳在躲我，對不對？」

我想叫，脖子感覺到一陣冰涼。

男人粗壯的手指扣在我的頸脖上。

「不要出聲喔。」

傳來窸窣聲響。

男人的手從裙襬鑽進來，在身上爬行。

「穿這種衣服太可惜了，明明奶子這麼大。」

乳房被用力一抓，我痛得差點尖叫。

男人的鼻息噴在耳上。

「啱……」

脖子被用力彎曲，強硬地索吻。

觸感難以忍受的舌頭侵入口腔。鼻子一吸氣，男人的油臭味便充斥了整個鼻腔。我情願窒息，也不想聞到這種東西。

希大人！

男人的手伸進內褲，撫弄私處。

希大人！

整個人被推倒，草葉扎在背上。

希大人！

我一定會就這樣在路邊被強暴，像垃圾一樣被殺死。

希大人！

我想要變成有價値的人。

感覺男人的陰莖抵了上來。

我閉上眼睛。

砰！突如其來的一聲，身體頓時變得輕盈。

直到上一刻都還壓在身上的體重消失了。

砰！砰！砰！聲音連續響起。

「嗚哇！」男人的喉嚨擠出慘叫。

「我是白石，請求支援。地點是足立區——」

我提心吊膽地張開眼睛。

男子趴倒在地上，白石把他的手反剪在背後。她用嬌小的全身壓制住男人，臉上青筋暴露，漲得通紅，可愛的臉蛋都糟蹋了。

男人的太陽穴流著血。

柏油路上，木片和應該本來是路面招牌的殘骸散落一地。

我呆呆地看了半晌，凌亂的腳步聲響起，幾名穿著警察制服的男女跑了過來。

男子被上銬帶走了。

趕到現場的女警對我說話，但我什麼都聽不進去。

「坂本小姐，妳站得起來嗎？」

我只聽得見白石的聲音。

我慢慢地點頭，白石露齒微笑。

「太好了。我們先去醫院吧，其他的之後再說。」

「白石小姐！」

白石的腳虛弱地顫抖著。仔細一看，顫抖的不只是腳，她的臉也是，雖然露出笑容，但蒼白得很不自然。

「白石小姐看起來才糟糕……」

「我沒事的。」

白石舉起右手用力揮了揮。

「別看我這樣，我在術科訓練時都被稱讚呢！我從小就練武，也有人說或許我可以參加奧運。」

其他警察對白石說話。

白石爲難地笑了笑，朝我瞥了一眼。

我慢吞吞地站起來。

5

遇到性侵，眞的就必須說明許多細節才行。

對方的服裝、長相、模樣。在什麼地點遇到攻擊、四下是否光線昏暗？自己穿什麼衣服？有沒有反抗？被怎麼撫摸？被摸到什麼程度？是否被插入性器官？如果被插入，當時女性器官是什麼樣的狀態？

這是沒辦法的事。

性侵分成許多種類，不同種類，適用的法律也不同，極爲瑣碎。所以到底遇到什麼種類的侵害，眞的必須鉅細靡遺地調查才行。

加害者不可能老實坦承一切。除了被害人以外，沒有人可以證明受害狀況。

由於偵訊造成的痛苦過於巨大，好像也有人寧願忍氣吞聲，放棄追究，甚至是自殺。

「坂本小姐，眞的謝謝妳！」

白石把身體彎成幾乎直角行禮。她手上的石膏看了好痛。

「因爲坂本小姐願意協助，幫了我們大忙。」

「請別放在心上。」

這是我的眞心話。

「反正我也很習慣了。」

雖然這是第一次遭遇感覺生命受威脅的攻擊，但我因爲胸部很大，經常遇到色狼性騷擾。如果我長得更漂亮吸睛，或許反而不會遇到這種事。因爲犯罪者總是會挑看起來不起眼又老實的人下手。

因爲多次遇到這種事，所以我大概知道警察會問什麼。不管問題讓我覺得再怎麼屈辱，他們也不是出於惡意詢問。再說，我已經是大人了。不是以前那個每次遇到偵訊，就會割腕自殘的小女孩了。

「不可能習慣的。」

然而白石定定地看著我說：

「不管遇到幾次一樣的事，一定都很討厭，很噁心，覺得爛透了。因爲不管挨打多少次，都一樣痛啊！」

白石怒吼之後，露出回神的表情。

「對不起……說得好像我很了解一樣……而且坂本小姐或許根本不想看到我。」

「如果不是妳，我根本不會說。」

這也是眞心話。

「其他警察怎麼說，態度公事公辦……而且白石小姐嬌小又可愛，讓人不會緊張。」

「嘉納哥老是說我像老鼠，教人有點生氣，可是幸好我像小老鼠。」

「哪裡像老鼠了？妳明明這麼可愛。」

白石的臉一眨眼就紅了。

「呃，被坂本小姐這麼漂亮的大姊姊這樣說，眞教人害羞。」

我忍不住笑逐顏開。第一次有人說我是漂亮的大姊姊。就算是客套話，也覺得開心。

對於白石，我已經不感到嫌惡了。

白石眞的是個好女孩。如假包換的好女孩。

手工藝的話題，也不是爲了打探托拉斯會的藉口，她是眞的精通手工藝。她做的布偶每一個都跟她一樣，小巧可愛。

她的個性有部分是因爲得天獨厚的容貌和環境所致吧。但一定不只是這樣而已。白石是個天生的好人。

把我從跟騷男的魔掌救出來的時候，白石正在慢跑，穿著便服，手無寸鐵。

她看到我在暗處被推倒，衝上來搭救。

她撿起掉在地上的居酒屋手持看板，從背後毆打男子。然後以（她宣稱的）擅長的柔道技巧壓制了男子。她的體格比我嬌小那麼多，這樣的行動需要多大的勇氣啊！由於奮不顧身對抗男子，不出所料，她也無法全身而退，遍體鱗傷。尤其是手臂，似乎必須上石膏一個月左右。

明明是這種狀態，白石卻答應我的要求，每次都由她負責偵訊。

或許也有人會說，這是她的工作，這是天經地義的事。但即使她是出於義務感而對我這麼好，一樣值得尊敬。

有許多警察怠忽職守。證據就是，眞正應該被懲罰的壞人都逍遙法外，所以才需要希大人。

但是白石不一樣。

至少她拚命在做她能做到的一切。

「那個，下次——」

「什麼？」

「啊，沒有，還是算了……」

白石低下頭去。

「不管妳提出什麼要求，我都不會拒絕。因爲妳每一次都願意負責我的偵訊。」

「不、不是那樣，其實這樣是不行的……」

白石把一張便條塞進我的手裡。

「這是我的聯絡方式。」

上面寫著通訊軟體的ＩＤ。

「我想跟妳一起出去吃飯那些……」

我想了一下，說「可以啊」。

警察和民眾建立私交，或許不是太好的事。更重要的是，我雖然是被害人，但同時也是嫌疑犯。或許白石這次眞的是存著想要從我這裡問出什麼的用心。

這樣也好，倒不如說，或許反而剛好。

白石看起來不像會撒謊的人，所以或許我可以反過來從她那裡探聽出警方知道多少事。

白石露出天眞浪漫的笑容揮手。我輕輕頷首，離開警察署。

沒辦法去托拉斯以後，我每天都閒得發慌。

打開「成爲小說家」的網頁，寫稿也沒有進展。

得去托拉斯才行。

托拉斯的人都很喜歡我的小說。喜歡我在「成爲小說家」網站上那些別說打進排行榜前幾名，連感想都幾乎沒有的作品。

我重讀以希大人爲主角的小說。

最新的一篇，收到的感想只有三則。

一則指出錯字，另一則是平淡無味的支持『期待後續』。

最後一則是：『又出現對主角方便的女角。這根本是阿宅的妄想。作者最好接觸一下眞實世界的女人。可能是因爲排行榜前幾名都是這種的吧。阿宅的妄想春宮是無所謂，但這種順從的聖女型第一女主角，看了眞的很膩。』

我重重地嘆了一口氣，呼出來的氣吹起塵埃。或許該打掃一下了。

「就眞的有啊。」

就算喃喃自語，也無人回應。

總之，希大人首先美如天仙。

我在電視上看過各種藝人，也實際在街頭上看過，但希大人的美，和那種單一的、從某個意義來說平均的美女有著一線之隔。若要比喻，那麼希大人就是燦星、宇宙這類事物。

她的頭髮和眼睛眞的漆黑得驚人，襯托出純白的膚色。

她總是坐著，所以不太清楚，但個子應該很高，手腳也很修長。雖然只是從長裙裙襬稍微瞥見，但膚色白得幾乎透出底下的血管，纖細得彷彿一握就斷。

我能了解未來會說她喜歡希大人，無比渴望見到她的心情。她現在永遠都見不到希大人了，眞可憐。

現在想見希大人想得要命，卻見不到她的我也好可憐。見不到希大人，是莫大的痛苦。

希大人不僅美得超乎現實，還爲我除掉絆腳石。

希大人散發出森林般宜人的芬芳，以讓我平靜的聲音呢喃：

是誰在折磨妳？

然後撫慰我：

已經沒事了。

只是這樣，就真的沒事了。

我閉上眼睛片刻，接著猛然驚覺一件事。

連忙看向手機螢幕，發現今天是星期六。

「是今天！」

我完全失去了星期幾的感覺。還在路那出版的時候，儘管過著不規律的生活，但不曾完全忘記當天的預定。

今天要和救命恩人白石私下吃飯。是重要的約定。

幾乎不再出門以後，我都沒在化妝了，衣服也都只穿連身居家服。

距離約好的時間還有一小時半。考慮到移動時間，必須在四十分鐘內整裝完畢。

我翻找衣物收納盒，製造出吵鬧的聲響。

「好想見希大人……」

呢喃脫口而出。

6

我在約好的時間前一刻抵達了。

馬上就找到白石了。

不是因爲她嬌小可愛。這當然也是原因之一，但她的姿勢比任何人都更挺拔。

像白石這樣年輕可愛的女孩一個人站在路邊，就算被奇怪的男人搭訕也不奇怪，但我敢斷言絕對不會發生這種事。

因爲她毫無破綻。

我再次感到敬佩：她眞的是個了不起的警察。

我看了白石一會，她忽然轉向我這裡。一發現我，便露出鮮花盛開般的笑容。

「坂本小姐！」

「抱歉，妳等很久了？」

白石連連搖頭，大聲說「沒有，完全沒有」。

看到白石的服裝，我稍稍放下心來。

她穿著素面卡其色連身裙，搭配白色運動鞋。

像白石這麼可愛，穿什麼都不重要了，但如果這麼可愛的女生打扮起來，走在她旁邊，我一定會自慚形穢。

「坂本小姐……？」

白石一臉擔心地看我。

「抱歉，沒事。走吧。」

「太好了。我已經好期待了說。」

可能是因爲這附近有一家大學名校，即使是居酒屋林立的大馬路，也沒什麼看起來會不知節制地胡鬧的愚蠢年輕人。白石感覺也完全融入在這一帶活動的聰明亮麗女大生。

我們進入事先預約好的非連鎖店和食屋包廂。

被領至包廂坐下後，白石不安地東張西望。

「怎麼了？」

「感覺好像很貴……我有點緊張，不曉得錢夠不夠。」

「我年紀比妳大多了，我請客。」

「什麼請客！不行的！」

白石大喊說，我說「小聲點」，她羞恥地低下了頭。

這家店以前工作上打交道的人帶我來過一次，只要點「女子會套餐」，價格一點都不貴。要是加上優惠券，比一般連鎖店更便宜，但味道很不怎麼樣。不過店內光線昏暗，也有包廂，所以適合年輕情侶約會。或許稱得上是沒什麼人知道的好地點。

我如此說明，白石露出恍然大悟的表情。

「可是我不能讓妳請客。絕對不行。金錢方面還是要分清楚。」

「妳救了我一命，跟這件事相比，就算請妳吃這家店五千次都不爲過……」

「我只是盡我的職責而已！」

白石堅持不肯接受，因此我說「那各付一半」，白石才恢復笑容。

白石酒量很好。

幸好有附飲料暢飲。味道不怎麼樣的紅酒、沙瓦，不斷灌進白石嬌小的身體裡面。

喝這麼多沒問題嗎？我問，她以完全無異於平常的態度元氣十足地說：「沒問題！」

事實上，她臉色完全沒變，也沒有變得大舌頭，或出現奇怪的舉止。應該是酒量很好，但出現了「喝酒就變得很嗨」的變化。喝得愈多，白石就變得愈饒舌。

她說了許多事。同期的事、升等考試的事。雖然也有些牢騷，但基本上都很陽光正面，讓我明白她與我從根本上就是不同的人種。

「白石小姐眞好，閃亮亮的。」

我忍不住自怨自艾。

「哪像我，是個毫無長處、只有高中學歷的歐巴桑。」

「什麼歐巴桑！」

白石睜大了渾圓大眼，語氣強烈地說：

「妳不該這樣貶低自己，太糟蹋了。而且……要說高中學歷的話，我也只有高中學歷。」

「警察的話，只有高中學歷不稀罕，而且也可以考取資格，不是很好嗎？」

「我也很想上大學啊。」

白石吃了口完全涼掉的洋菇大蒜蝦，用桑格利亞水果酒沖進肚子裡。

「妳知道嗎？警察大學畢業和高中畢業，起跑點完全不同。雖然偶爾也有從基層做起，最後爬上警察署長的厲害的人，但那眞的是特例中的特例。不管再怎麼努力，基本上都有個天花板。」

白石滔滔不絕地說個不停。

「別看我這樣，其實我很會唸書。我讀的高中不是什麼水準很好的升學名校，但我在學校裡一直都是第一名。不是我在炫耀，學習新知識眞的讓我很快樂。倒不如說，或許我是靠讀書在逃避。因爲……因爲就只有在學校，讓我覺得快樂。」

白石的聲音已經失去了先前的明朗。

「因爲我父母……一直都叫我快點去死……」

「去死……」

我呆傻地重複這兩個字。

「我有個弟弟。」

「這樣啊……我也有個弟弟，已經過世了……啊，白石小姐知道嘛。雖然我們感情一點都不好。」

「我跟我弟弟很好。」

白石定定地看著我說：

「在我們家，就只有弟弟一個人支持我。不管爸媽對我做了再過分的事，因爲有弟弟在，我才能撐過來。只是看到弟弟對我笑，我就覺得很幸福。雖然我很想上大學，但上了高中以後，我第一個想到的……不是大學，而是弟弟的事。所以我決定高中畢業後就出去工作。因爲這樣就可以供弟弟上大學了。然後也可以離開可惡的父母。我可以跟弟弟兩個人，一起在沒有他們的地方生活。我十八歲的時候，我弟弟才讀小學而已。我覺得要是丟下弟弟離開……他一定會被殺掉。」

她說的似乎是眞的。

雖然難以置信，但眼前這個健康開朗、打從骨子裡善良純眞的女人，過去竟是個受虐兒童。是所謂的虐待倖存者。

我的家庭無可救藥，我和弟弟獲得的關愛天差地遠。可是，我沒有遇到白石和她弟弟的那種遭遇。

沒有被踢打、被咒罵，被當成奴隸一樣看待。

「我問指導畢業出路的老師，自衛官、消防員和警察官，哪一個賺得最多？把老師嚇了一跳。老師好像以爲我會升學，拚命想勸我回心轉意，還告訴我有哪些獎學金管道。可是，如果只有我一個人上大學，或許還可以靠獎學金和打工生活，但加上弟弟就不夠了。我說我沒空讀什麼大學。結果老師說當警察薪水最好。雖然我身材矮小，也沒有學過武術，但還是通過了錄取考試。」

白石掏出手機，滑了一下，把螢幕轉給我看。

一名戴眼鏡的中老年男子旁邊，穿著學校制服的白石面露和現在一樣的天真無邪笑容。在白石背後靦腆地撇著頭的小孩，是她的弟弟嗎？長得很像白石，臉圓圓的，很可愛。

「這是柴田老師。老師人眞的很好，是手工藝社的顧問……他眞的幫了我很多。說來丟臉，高中畢業以後，他還在金錢方面資助了我一陣子，也告訴我要怎麼向父母隱瞞住址那些……他就像我眞正的父親。警察的薪水滿不錯的，住在宿舍，幾乎不用房租，所以現在我也能供弟弟讀大學……啊！」

白石突然沉默了。

片刻後，她放下杯子，慢慢地深呼吸一口氣。

「喝醉酒大談自己……眞丟臉。」

白石顫聲說道，整個人朝桌面趴倒。

「居然對遭遇到不幸的人說這種賣弄不幸的話……我眞是差勁透了。」

「我一點都不難過啊。」

說出口後，我有些後悔。客觀來看，我是個家人全部死光、還失去心愛男友的可憐女子。

警方在懷疑我和他們的死亡有關，而我居然在警察面前說什麼「一點都不難過」，這或許形同告白自己的罪行。

「我覺得跟別人比較，說什麼幸或不幸，這樣的思維很奇怪。」

這不是在對眼前的白石說，而是在告訴自己。否則——

「今天就先這樣吧。帳單我已經付了。」

——否則我會醒悟到一個事實。比起自己，白石更壓倒性地——

「等一下！」白石挽留，但我不理她，逃之夭夭地跑掉了。

我不停地跑，總算跑到車站，衝進電車裡回家了。

沒換下衣物，也沒卸妝，無力地躺倒在地上。身體冰冷疼痛。

覺得自己卑微到不行。

不，不是覺得。

我就是個卑微的人。

去托拉斯會，見到希大人，除掉壞人，自以爲改頭換面了。只是這樣而已。

但我根本沒變。

我希望白石成長在一個平凡溫暖的家庭裡。我想聽到的是，她的父親是警察，她受到父親影響，才會立志成爲警官。

皮包震動發亮。

是手機在響。

螢幕顯示白石的訊息：

『不好意思讓妳破費了。』

『抱歉讓妳覺得不舒服。』

『這場飯我吃得很愉快。』

『還可以再約妳出去吃飯嗎？』

『妳還好嗎？』

我像那樣落荒而逃，也難怪她會擔心。

『對不起，我突然不太舒服。』

『請一定要再約我喔。』

我點選預測字詞組成句子傳出去。

「誰來告訴我，我沒有錯。」

房間吱嘎作響。八成是樓上的住戶在翻雲覆雨。

「拜託……」

我夢囈似地再三呢喃。

好想見希大人。

好想見希大人。

好想見希大人。

7

意圖強姦我的男子，光是查到的範圍內，似乎還涉嫌多達八起犯罪。不過全都是強姦未遂，或是經過的時候襲胸之類的行為，似乎不會構成多重的罪責。

「妳還好嗎？」

「還好……？」

據說是白石學姊的文靜女警問，我反問回去。

「審判拖得愈久，受害人的負擔愈大。這類性犯罪案件，很重視受害人的證詞。當然，為了保護隱私，會用屏風遮蔽來保護受害人，但不只是加害人，還會和旁聽人處在同一個空間，還要被律師詢問許多問題。比起被我們警察問話，一定更要難受好幾倍。」

「等一下，學姊……」

「這是事實。」

白石想要插嘴，被學姊嚴厲打斷。

「接下來律師一定也會向坂本小姐說明這部分——坂本小姐說，被嫌犯攻擊時，她幾乎沒有反抗，對吧？雖然眞的難以置信，但這件事也有可能影響對方的判決輕重。其實我不該說這種話……但也有許多被害人承受不了這些，決定和解。坂本小姐非常配合我們，對吧？不管任何問題，都願意回答……但這也讓我覺得妳似乎在勉強自己，讓我很擔心。」

我目不轉睛地注視著女警。那是打從心底在爲我擔心的表情。

「白石小姐，妳覺得我該怎麼做才好？」我問。

「咦！」

白石一臉驚訝。形狀優美的嘴唇張得像個圓筒，但仍顯得健康有光澤。

「白石小姐覺得我該怎麼做才好？我應該收下和解金，避免正面對決嗎？還是……不該放過壞人？」

「坂本小姐，就算問白石……」

「我希望妳優先保護自己的心。」

白石打斷學姊女警，聲音沒有一絲顫抖。

「只要坂本小姐的心不會受傷，那就是最好的做法。」

「那，我絕對不和解。」

「坂本小姐……」

「我不是希望白石小姐幫我做決定。或許只是想要妳爲我擔心一下……開玩笑的啦。」

白石眼眶泛淚地看著我。她是不曉得該說什麼才好吧。居然讓這麼好的人爲難，我眞是個無可救藥的女人。

「我沒事的，反正——」

我不會受傷——我把這句話呑了回去。要是說出來，會讓白石更傷心。

可是，這些對我來說都已經無所謂了，所以我不會爲此受傷，這是我的眞心話。

被男人攻擊的時候，我已經預期自己會命喪該地，徹底絕望了。我不是向上天求救，而是向希大人祈禱。

可是，現在都無所謂了。回想起那件事，我還是有些害怕，卻沒有什麼想要懲罰歹徒的念頭。

我會想要繼續打官司，是因爲覺得或許可以當成小說題材。

之前去托拉斯會的時候，我寫了給成員讀的小說。故事裡有像希大人一樣的聖女，情節就像《哈利波特》的翻版。只要成員讀得開心就好了，我並不打算拿去投稿獎項，而且看看它在投稿網站上的評價，是什麼水準也一目瞭然。

認識白石，和她聊過許多事以後，我內心開始萌生再次好好寫小說的念頭。

後來——自從得知白石是虐待倖存者以後，我又和她私下見了幾次。

我已經不再像第一次那樣逃走了。我灌了白石許多酒，聽到許多她的身世。

白石的人生充滿了密度，與我截然不同。

我回想起和希大人單獨在那個昏暗的房間裡，述說自己的前半生那時候。內容眞的乏善可陳，回想起來，讓人羞恥無比。我的人生總是不戰而降，從來不曾認眞面對，所以做什麼都不順利，只有對不順遂的怨懟憤懣不斷累積。

但白石不同。

即使身處逆境，白石也盡好該盡的責任，靠自己好好地思考，選擇要走的路。

她的父母對她施加的虐待，是經常在虐童致死案件殘忍的全貌、或是犯下殘虐凶案的罪犯幼少經歷中看到的內容。

拳打腳踢、咒罵、脫光衣服關在屋外、強迫吃穢物。上國中以後，雖然就沒有類似拷問的暴行了，但依然過度控制，強制把小孩綁在家裡。白石要求買生理用品或胸罩，就會被唾罵「下流的婊子」。

在這樣的環境當中，白石卻沒有走偏，而是帶著弟弟離家獨立了。援助她的老師，一定也是因爲白石是個品學兼優的學生，才願意伸出援手。如果是我這樣的人，老師根本不會相信我吧。

這些內容，白石也不是傲驕自滿地述說。是我窮追不捨地問，她才斷斷續續地透露，我再從這些片段中拼湊出來的。

「都是我在說，好丟臉喔。坂本小姐眞的很擅長聆聽呢。也說說妳的事吧！」

「妳是說我的家人嗎？就跟我在偵訊的時候說的一樣，我家很普通。我跟弟弟感情不好，不過手足感情不好，也是常有的事吧。」

就算說我的家人也沒意思。

「不，家人的事也行，不過我想聽聽妳的事。什麼事都可以。像是嗜好那些。」

「我在寫小說。」

話一出口，我立刻後悔了。

我怎麼會說出來了？

說出自己在寫小說時，遇到的反應有兩種。一種就像我以前待的出版社那些無腦沒品的人一樣，擺出不屑的態度。他們會追根究柢地問，然後嘲笑我絕對不可能成爲小說家，連我的人格也一併否定。另一種則是以肯定的意味問：「妳在寫哪一種小說？」會做出這種反應的人和前者相反，是聰明個性好的人。是即使不感興趣，也能圓融地延續話題的人。但就算是這種人，對業餘人士寫的小說也不感興趣。就算把他們的話當眞，讓他們讀自己的小說，也只會讓對方爲難。

白石是聰明個性好的女人。

我和白石深入聊過許多，已經明白白石與我出於偏見認定的她——唯一可取之處就只有年輕可愛的無腦女——是完全相反的存在。

白石其實沒有我想像的年輕。她說她今年二十七了，她只是看起來年輕可愛而已。但她並未利用自己的外貌逢迎他人，輕鬆取巧。她因爲一些苦衷，只有高中學歷，但若是起碼有和我相同程度的家庭環境，應該可以考上前段國立大學吧。她是個堅忍不拔、在精神上獨立的女性。

所以白石一定會說：「眞的嗎！可以讓我讀讀看嗎？」

「小說嗎？我最近是沒看，但我以前滿喜歡看小說的。我還是喜歡刑事小說，像橫山秀夫、堂場瞬一的作品。」

都是我沒聽過的作家。不過那些作家的小說，一定是精彩不凡，不是我這種人看得懂的正統小說吧。

「不是那種現實的，是奇幻小說。」

「我不太讀奇幻類……不過《納尼亞傳奇》我現在還是很喜歡，以前也很迷《哈利波特》。不過續集《被詛咒的孩子》沒讀過耶。」

《哈利波特》這幾個字，每次看到，就讓我感到心如刀剮。

正因爲熱愛、正因爲是讓我立志成爲小說家的作品，更讓我覺得彷彿被指出現在的自己有多淒慘。

日本電視台的「週五ROADSHOW」時段可能要播出《哈利波特》，我整個星期五就會不敢開電視。外傳電影上映時，我經過電影院附近都不敢抬起頭。

可是，爲什麼呢？從白石口中說出來的「哈利波特」這幾個音，我一點都不感到排斥。

難道是在寫以希大人爲主角的《哈利波特》翻版小說的期間，不知不覺間克服了嗎？

我覺得不是。應該不是。

「很奇怪，對吧？這種年紀的女人居然寫什麼奇幻小說。不過我要聲明，那不是異世界、主角最強那類的內容……」

「妳在說什麼？就算是兒童文學，也都是成人寫出來的。不管任何類型，都沒有成人不能創作的道理。」

還有，什麼是「異世界主角最強」？白石追問。

她又讓我認識到她與我是完全不同的人種。

她不僅沒有聽到「異世界主角最強」，就嘲笑特定的類型作品，甚至根本不知道有這種類型。她幾乎不上網，就算上網，也不會去那種宛如充斥著廁所塗鴉的地方吧。而我卻是會特地跑去看實際出書的網路作品的低星書評或黑粉留言，感到心頭暢快的人。

「這次我想要好好寫……」

「好好寫的意思是，要去投稿獎項嗎？」

「對。」

「我支持妳。」白石說。這話讓我徹底被她的熱情感化了。明明直到數秒前，我都還完全放棄了成爲小說家的夢想。

現在我爲了投稿獎項而寫的小說，是從異世界來到這個世界的主角，在完全不了解這個世界的風俗習慣的情況下犯下殺人罪，但這能夠算是罪嗎？是這種帶有荒誕元素的奇幻小說。支援主角的女警，當然是以白石做爲模特兒。

我的人生總是不戰而降，我完全缺乏人生經驗。

若是上法庭，可能會因此遭到惡毒的毀謗中傷，或是得到支持鼓勵。這些經驗，或許也能讓我增加一些深度。

我只是出於這些不可告人的目的，說「我要告到底」、「我要讓嫌犯付出代價」，白石和她的學姊女警卻都讚賞我很堅強。我覺得她們一點識人之明都沒有，但還是有些開心。

我雖然是被害人，卻也同時是嫌疑犯。

短期間內死了太多人了。然後警方開始偵訊我之後，我身邊就沒有人死了。這兩件事，一定構成了所謂的「狀況證據」吧。

我被叫去警察署，一再詢問相同的問題。

而我做出完全相同的回答。

我只需要據實回答就行了。不管警方詢問多少次，都不可能問出證據。因爲我並沒有親自動手，我只要不提到托拉斯就行了。

事實上我完全沒有直接做什麼，因此可以理直氣壯地回答。

這起案子的偵訊是由嘉納負責，而不是白石。比起白石，嘉納的聲音更沒有溫度，以銳利的眼神毫不留情地貫穿我。即使如此，我依然絲毫不動搖。

我唯一會感到有些心虛，就只有看到在嘉納後面專心製作筆錄的白石的側臉的時候。我都看著嘉納的臉說話，免得白石進入視野。我這高傲的態度，或許更加深了自己的嫌疑。

無差別連續殺人案當然還沒有結束。

不久前，每個人都很害怕，也有不少國中小學採取停課措施。

但現在不同了。

因爲根本無從防堵。

若是傳染病，還有方法對抗。像是學校停課、盡量避免人與人之間的接觸、打疫苗，或是戴口罩。

但無差別連續殺人案眞的是毫無差別。死者超過二十人的時候，媒體就放棄分析被害人的共通點了。最近開始白費工夫地轉爲分析日本的治安變差了等等。

日本的命案件數在全世界也是數一數二的低，平均一天的死亡人數低於一人，這樣的常態早已是過去式。但治安並非像媒體痛批的那樣眞的變差了。雖然之前有幾名模仿犯，但陸續落網後，也沒有人模仿了。只有這起案件的被害人不斷增加。

如今，這起命案的被害人被視爲就像天災的犧牲者。就彷彿雖然是悲劇，但並非人爲刑案。

不知道第幾次的偵訊結束，我離開警察署，信步走了一段路。

街上的人群，和命案發生前果然沒什麼不同。

忽然間，我注意到皮包在震動。

掏出手機查看，是托拉斯的成員，橫田打來的。

「喂？」

『還喂呢～』

拉長語尾的語氣令人懷念。橫田是個中年婦女，一看就是個平凡的主婦，實際上也是家庭主婦。她說她殺了從年輕時候就一直虐待她的婆婆和大姑。

這麼說來，最近我不是跟白石聊天，就是在寫小說，跟橫田完全沒聯絡。

『妳最近都沒來托拉斯，想說妳怎麼了。大家都很想妳耶。』

腦中浮現橫田柔和的笑容。不只是橫田，還有「爸」和「媽」的臉。大家都是好人。

他們不會否定我，不會多加干涉，包容我的一切。

「不好意思，其實……」

我說明警方盯上我，讓我很難找到機會去托拉斯。

『眞辛苦。不過我也在猜是不是這樣。因爲妳居然錯過四次那個，眞的有點太扯了。』

當然，她是在說集會的日子。對希大人說出應該懲罰的人的名字的日子。

「對不起。」

『討厭啦，有什麼好道歉的？警方盯得很緊嗎？』

「是啊……雖然不是一天二十四小時監視，但還是會擔心。」

『這樣……啊！』

橫田突然驚叫一聲。

『剛好，今天晚上就是那個耶。』

「啊，對耶。」

『對啊，所以我才打電話給妳……那不是剛好嗎！』

「什麼東西剛好？」

呀哈哈哈哈！橫田笑得像個年輕小妹妹。

『這還用說嗎？』

橫田打從心底開心地說：

『講出警察的名字就行了嘛！』

空氣溜出喉間，發出古怪的聲響。

『喏，這樣一來，警方就得重新查案了。』

橫田聲音明朗地繼續說下去。

『以前我聽我老公說過，警察遇害，比一般民眾遇害更嚴重多了。警察又沒什麼貢獻，卻一副特權階級的嘴臉，看了就教人火大呢。而且現在還沒有警察死掉，不覺得更剛好嗎？』

電話彼端，橫田天真無邪地說著她想到的「好點子」。

心臟怦怦跳個不停。

我想像白石可愛的臉失去血色、失去體溫，在鮮花圍繞下，鼻腔裡塞滿棉花的模樣。

看到那副模樣，我能心想「有夠蠢」嗎？我能得意洋洋，覺得阻撓我的壞東西消失了嗎？

『坂本小姐？妳還好嗎？』

橫田的聲音超級溫柔。

這個人不是壞人，反而是個好人，但我現在還是覺得她讓人很不舒服。那明朗卻拖沓的聲音，也讓我覺得噁心得受不了。

「我不太舒服……」

『什麼，那太糟糕了！那妳更應該過來。只是來一次而已，沒事的。而且妳要是再不來……』

「不好意思。」

不管深呼吸多少次，都無法平靜心悸。我蹲了下去。

我知道「再不來」的後續是什麼，「就不妙嘍」。

他們都被希大人拯救了。我也是。我們有個共通點，那就是我們都受到世人的凌虐，選擇了復仇的道路。所以才會把彼此視爲家人。

但這個說法，實在是過度只看好的一面了。

實際上就是一群殺人凶手，用「大家都這麼做」的意識掩蓋殺人的心虛而已。我們手中握著彼此的祕密，所以我們總是彼此察顏觀色，不敢讓對方不開心。沒有半個人會說出眞心話，有的只有空泛的溫和與肯定。

在這樣的團體中，要是有個人與眾不同，做出不一樣的行動，會發生什麼事？

未來的死，就是答案。

未來是個成熟的大人。她比我更冷靜、更有良知。

她沒有耽溺在復仇的成就感以及藉此得到的空洞無敵感，而是想要和托拉斯會拉開距離。「全是廢人的空間，讓我覺得很療癒」，這話也是對的。待在那裡所感受到的愜意，就是來自於每個人都認爲其他人比自己低劣的想法。

希大人……呼喚脫口而出。這讓我厭惡到不行。

托拉斯會絕對不是好東西。

然而我卻像這樣向希大人求救。而且是發自心底。

這讓我感到悚懼。幾乎快發瘋了。

手在皮包裡摸索，抓出手機。

一次又一次不停地撥打，對方終於接了。

『喂……？』

白石的聲音明顯地困惑。

「今天可以見個面嗎？」

我的聲音不必要的大，惹來路邊帶孩子的母親瞪了我一眼，但我不理會。

「欸，可以嗎？」

『呃……今天……』

白石人很好，好到不行，所以在尋找婉拒的話。

理所當然。她跟我這種人不一樣，盡責地在工作，所以不可能過來。

「白石小姐，謝謝妳。」

『坂本小姐？妳還好嗎？』

「我眞的很感謝妳。」

視野整個扭曲了。路上行人都覺得我擋路。都覺得我不正常。

『坂本小姐，妳現在在哪裡？』

「我會報答妳。」

我只留下這句話，掛斷電話。手機立刻響了。當然是白石回撥了。我關掉電源。

我淚如泉湧地繼續往前走。有奇怪的男人搭訕我，但我什麼都聽不見。

我必須去見希大人才行。

8

我抵達的時候，有幾個人已經到了，準備萬全。

「晚安。」

我說，眾人全都轉向我。看到他們的表情，我悟出自己說錯話了。

「我回來了。」

「妳回來了。」

眾人七嘴八舌地說著「妳回來了」。表情溫柔至極。

「坂本也回來了，我們開始吧。」

「媽」說大家都在等妳喔。眼角和善地下垂，幾乎看不見眼瞳，是典型的老人臉。溫柔的老人，和第一次遇到的時候一點都沒變。

走進希大人所在的房間，地上擺著一張木頭長桌，上面準備了堆積如山的肉和飲料。

第一次參加的時候我嚇了一跳，但集會是一邊吃著美味的肉，以閒聊的方式開始。我猜這肉應該是馬肉。味道有些特殊，這特殊的滋味令人上癮，但不知為何，不管吃上再多都沒有飽足感，多少都吃得下。

我們大人喝紅酒，未成年的成員則喝「媽」準備的果汁。

首先，橫田率先爲我說明我不在的期間發生的事。

多了幾名新成員。

一名頭髮鬈度鬆垮、飽經滄桑的女子，一名肥胖的中年男子，還有眼睛細小的女高中生。雖然大概都猜得到，但結果還眞的都被我猜中了。女人被男人拋棄，背了一屁股債，男人被公司裁員，女高中生則是遇到陰險的霸凌。

然後是現任成員的成果。

比方說，抗議成員養的狗叫聲很吵的鄰居。

比方說，調侃「都快四十歲了，不快點嫁出去就變成老姑婆嘍」的職場同事。

總之，他們說這些壞人死掉了。

眞是太棒了，我說。

壞人消失最好，我說。

橫田、新的三名成員，還有其他人，全都笑容滿面。

還有一個之前沒看過的年輕男生。他看起來陽光朗爽，個子挺拔，長得很帥，乍看之下不可能有任何煩惱，然而他卻在這裡。他也和其他人一樣，笑容滿面。

每個人都在笑。

希大人也在笑。

不知不覺間，希大人坐在並排的桌子之間的地上，一臉笑吟吟。

希大人，謝謝妳！

有人大聲喊道，就像被觸發一樣，眾人高喊「謝謝」。

啪啪，一陣清脆的掌聲。

是「爸」。

「爸」披著黑色長袍，重重地拍了兩下手。

「請拯救我們。」

「請拯救我們。」

「請拯救我們。」

高唱三聲，接下來終於要正式開始了。

率先站起來的，是新加入的小眼睛女高中生。

她滔滔不絕地述說飽受殘酷霸凌折磨的日子。她讀的高中是女校，有一次因爲沒注意到生理期來了，把座位弄得一片血紅，被取了個屈辱的綽號，從此霸凌開始了。昨天還很要好的同學，今天就不理她了。東西被藏起來。遠遠地被喊綽號，引來周圍吃吃笑聲。霸凌不斷變本加厲，終於她的制服被剪爛，不得不在內衣褲外面穿著體育服放學回家，讓她再也不敢上學了。上次主導霸凌的女生死掉了，但還有很多欺凌過她的人還活著。

「妳最無法原諒誰？」

希大人開口。光是聽到她的聲音，就彷彿耳朵開出花朵般，令人幸福。

「糸井智花。」

女高中生朗聲宣言。

糸井智花去死！有人大喊。我也跟著喊。大聲喊出下作、刺耳的咒罵。嚼肉及呑嚥的聲音與咒罵摻雜在一起迴響著。

希大人沒有應話，只是臉頰微微泛紅。

接著開口的是山本。

然後是田中。

一個接著一個，肉也慢慢減少了。

輪到第七個的時候，橫田用手肘頂了頂我。

我站了起來。

我沒什麼要說的，但還是非說不可。

「過去我殺了父母、弟弟、男友，還有男友出軌的對象，結果引來警方懷疑，被找去偵訊好幾次。可是，這裡的事我沒有告訴任何人。我擔心警方懷疑，所以沒辦法來這裡。害大家擔心了，眞的對不起。」

我這麼說，傳來「沒辦法啊」的回應聲。

眞是難爲妳了。

明明不是妳的錯。

都是警方袖手旁觀，是警方不好。

警方都不肯幫我們。

眾人七嘴八舌地控訴警方有多沒用、有多醜惡，是世上不需要的累贅。沒錯，就是這樣的發展。

「妳最無法原諒誰？」

希大人開口。

我無法從希大人的嘴唇移開目光。飽滿，綻放水潤光澤，呈淡粉紅色，就像白石一樣。

白石瞳。

她與我就像兩個極端。

嬌小可愛，說話的聲音就像小鳥啼叫。

其實很擅長柔道，膽識過人，甚至能制服巨漢。

絕對不會用高壓的態度待人，十分溫柔，但偵訊時很認眞，寫下筆錄。

總是抬頭挺胸。

三杯下肚，話就會變多。

我再三追問，她才會露出陰鬱的眼神，告訴我兒時悲慘的經驗。說完後，又打從心底悲傷地道歉。

白石絕對不肯讓我請客。我說這是採訪，她才勉強讓我出飯錢。

她很會做手工藝，總是做出可愛的布偶送給小朋友。

白石很傷心，說上大學的弟弟最近都不聯絡她。我說「咦，眞是忘恩負義」，她就說「都是因爲我小時候沒保護好他」。明明這不是事實。她一個高中學歷的女生，努力升等加薪，連伙食費都省下來，就只爲了供弟弟上大學。

白石的笑容很可愛。

我很喜歡跟她碰面的時候。

因爲她是路上行人裡面最可愛的一個。

馬尾髮稍彈跳的樣子也很可愛。

眞的很可愛。

「妳最無法原諒誰？」

不知不覺間，咀嚼音停止了。什麼聲音都聽不見。

每個人都看著我。

「我最無法原諒的……」

我一直叫妳白石小姐。

因爲妳都叫我坂本小姐。

可是，其實我很想叫妳小瞳。

我好希望妳可以叫我美羽。

「是我。」

我的口中沒有說出更多的話。

只是鮮血狂噴。

我感覺到內臟正在嚴重扭轉移位。
這是地獄般的痛苦。
腦門爆開。臉部爆裂。
小瞳。

川島希彥 ②

川島希彥就讀國二。

1

暑假前的學校，每個人都匆匆忙忙，浮躁不安，只是待在那裡，就莫名興奮不已。但去年的暑假，希彥並未沉浸在這樣的感受裡。

不過今年有井坂。

從梅雨時節開始，希彥和井坂共度的時光愈來愈多了。

有時在走廊擦身而過，井坂就彷彿眼裡只看見希彥，揚起一邊唇角微笑。這樣的日子，兩人便會不約而同地蹺課，在保健室會合。

希彥覺得他們真的聊了好多事。不過希彥並不健談，也沒什麼話題好說，因此都只是對井坂的話聽得入迷。從那不良少年般的外表難以想像，其實井坂博學多聞，而且很聰明。受到井坂影響，希彥也接觸到許多小說和電影。井坂從興趣這類輕鬆的話題，聊到他將來的抱負等嚴肅的內容，總之聽他說話，讓希彥感到樂趣無窮。只會一廂情願、同樣的內容翻來覆去講好幾遍的佐藤根本無法相比。

然後聊到一個段落，兩人便會肌膚相親。這也不是誰主動提的，而是自然而然的發展。

看到井坂以熟練的動作解開鈕釦，希彥覺得好像明白了他都跟矢內在做些什麼。他並不感到厭惡。

「你有外國血統嗎？」井坂問。

希彥搖搖頭。

「我爸媽都是純日本人。我沒見過兩邊的祖父母，應該都已經過世了。我沒聽爸媽特別提過，所以應該都是日本人。」

「這樣啊……」

井坂的手撫過希彥的頸脖。

「第一次看到你的時候……」

井坂聲音發顫地說：

「你白得驚人，就好像夜晚裡的星星。後來我就一直忘不了你。」

希彥仰望井坂。保健室的螢光燈很亮，逆光的井坂，臉沉陷在一片黑暗裡。

反正你不會繼承這個國家，沒事的。

女人就躺在希彥旁邊。若說有什麼是白皙的、是夜裡閃耀的明星，那應該是這個女人的裸體吧。

最初只在夜裡現身的這女人，現在不分晝夜，出現在希彥面前。

希彥不覺得可怕，也不再驚慌了。這女人說的話莫名其妙，但不知爲何，希彥在心底深處完全理解。

只有希彥看得到她。她一直在身邊，默默無聲地訴說，因此不管看不看得見都無關。

井坂的手指觸碰嘴唇。

也嚐嚐其他的血。

希彥對女人的話點點頭。女人以一片墨黑的眼睛稱讚希彥。

井坂拉下褲子拉鍊。

「你說的話好像村上春樹。」

希彥說，井坂靦腆地笑了。

不是行爲本身，而是徹底排除他者的世界讓人感到愜意。井坂的眼中倒映出希彥，而希彥的眼中倒映出井坂。

平常就不上課的井坂，不會有老師對他說什麼。這與他家是當地名士應該也有關。保健室也變成他的「蹺課房」，從來沒看過保健老師在這裡。但希彥就不同了。

小崎問他：「你最近常去保健室，怎麼了嗎？」小崎又說：「你父母在搞宗教，是不是在爲這件事煩惱？」

「我沒什麼要跟老師說的。」

希彥這麼頂回去，小崎瞪大了眼睛，嘴巴一張一合，看起來就像附近養殖場的錦鯉，希彥想，雖然小崎就是個小角色，但搞不好也有等同於錦鯉的價值。

「我過得很開心。」

希彥正大光明地說，心情變得舒暢。從地面只露出一顆頭的女人看起來也在笑。

盡情去做你想做的事。

希彥微笑。實際上，他快樂得不得了。

對佐藤的霸凌依舊持續著。今天佐藤也四肢跪地，吃著丟在地上的飯糰。即使看到這一幕，希彥現在也完全麻木了。明明一開始只是聽到佐藤挨罵，就忍不住心痛。

這麼說來，一個月左右前，佐藤打了他。當時他還忠實地聽從父親的交代，積極地邀佐藤一起玩。打電動的時候，佐藤突然說「我想死」。他說每天都讓他痛恨得不得了。希彥只是默默聆聽，然後就被打了。

因爲是用遊戲搖桿打的，就算是手無縛雞之力的佐藤，也把他打到嘴角流血了。

「明明不懂我的感受，你點頭個屁啊！」

希彥默默看著，佐藤再次舉起搖桿。

「看到你那張臉就有氣！瞧不起人……不要用那種『我跟你們不一樣』的眼神看我！」

希彥閉上眼睛等著，但衝擊沒有到來。睜眼一看，佐藤握著搖桿，眼中滾下豆大的淚水，一再哭喊著：「你瞧不起我，對吧？」希彥只能呆呆地看著他。他想起佐藤的母親那淤泥般的眼神。因爲現在他理解了她的話和態度，讓自己如此驚慌失措的理由。

我跟你們不一樣。他完全無法否定這件事。被佐藤本人當面指出，他才總算醒悟到這件事。佐藤跟自己完全不一樣。因爲是截然不同的存在，所以他的痛與苦，希彥都不可能理解。

希彥接受了。

沒錯。佐藤和希彥是不同的人種。

不光是佐藤。執拗地霸凌佐藤的同學，才是和佐藤相同的人種，與希彥不同。

「不要再跟我說話了！」

佐藤把搖桿摔在地上跑掉了。片刻後，傳來玄關門粗魯地甩上的聲音。從此希彥和佐藤斷了關係。就像佐藤說的，希彥沒有再跟他說話。

他一點感覺都沒有。無動於衷。

女人目不轉睛地看著臉被按在地上的佐藤。轉頭看著後方的她，黑髮無比地烏黑亮麗，宛如深邃的黑暗。她是自黑暗而生的，這或許是天經地義的事。

小崎走進教室。

我們只是在玩，有人說。不要太過火嘍，小崎笑著說。都無所謂。小崎和希彥也是不同的人種，不會讓他的心激起任何波瀾。

明天就是結業式了。

放學後，他一如往常把井坂找到家裡，繾綣一番後，躺在床上聊天。井坂眼睛閃閃發亮，說起假期的預定。

「要是在這一帶玩，會被人看到，所以雖然遠一點，去澀谷之類的地方可能比較好。」

「被人看到不好嗎？」

「也不是不好……」

井坂頓了一下，表情尷尬。

「兩個男生混在一起，有人會說閒話。這一帶也有滿多這種保守的老頭老太婆。」

「這樣啊……」

希彥自己也認知到，井坂和希彥這樣的關係，正常來說，似乎都是建立在男女之間、異性之間的。

父母從來不曾把這類「正常」的觀念強壓在希彥身上，但小說、漫畫、電影，一切的媒體中的「正常」，就是這麼回事。上一個年代的創作，也有許多將同性戀形容爲「禁忌之愛」。現在用「禁忌」來形容的情況反倒變得罕見，當前的風潮若要說的話，是對這類不屬於「正常」的人們加以理解和接納。但不管怎麼樣，依然是有所謂「正常」的觀念。

坦白說，希彥並不是將井坂視爲戀愛對象喜愛。在希彥無法理解、與他完全不同的人當中，井坂是他唯一能夠對話的、耐人尋味的存在，也是他重要的朋友。對於性行爲，希彥也不感到嫌惡，不過也僅是重視的朋友想要這麼做，所以接納他這麼做而已，並不明白有何樂趣。希彥不認爲自己是同性戀，所以也沒有對「不正常」的心虛。

井坂應該不同，所以他才會像這樣在意別人的目光。希彥理解他的感受，接著說：

「對了，澀谷是哪裡？」

「你沒去過澀谷嗎？」

「沒有。」

正確地說，或許他去過，但沒有記憶。他連搭電車的記憶都沒有。

自從希彥遇到車禍以後，他們就不曾全家遠行，父母也不允許他一個人採取徒步以外的方式移動。他跟佐藤提過這件事，佐藤嗤之以鼻，「眞是過度保護。」但希彥認爲自己的孩子遇到陷入昏迷的嚴重事故，父母會如此操心也是情有可緣。

井坂把手機螢幕轉向希彥。上面是路線圖。

「車程大概五十分鐘。」

「這樣啊。」希彥說，接著說明他可能必須先徵求父母同意。井坂露出有些驚訝的表情，但沒有像佐藤那樣嘲笑他。

這時，外面傳來引擎聲。

希彥想起父親說過今天會比較早回來。他告訴井坂，井坂連忙撿起衣物。才剛把床鋪整理得彷彿什麼事都不曾發生，母親就敲門了。

「你爸回來嘍。」

井坂開門出去走廊。高大的井坂和母親站在一起，讓母親顯得更爲孱弱。

「不好意思，我要回去了。」

「吃個便飯再走嘛。」

「不用了，謝謝。不好意思打擾了。」

兩人說話間，傳來玄關門打開的聲音。

「你好，幸會。你就是井坂同學吧？」

井坂應該看過父親，但這或許是第一次交談。

「你個子眞高。在做什麼運動嗎？」

「沒有……呃，希彥同學平常很照顧我……」

父親臉上掛著裝出來的笑容回應道：

「謝謝你都陪希彥，那孩子迷迷糊糊的，以後也請繼續跟他做朋友。」

說的話就跟平常一樣，溫柔和善，卻隱隱帶有拒絕的意圖。井坂不曉得是否也發現了，有些不知所措地回去了。

希彥目送井坂彎過馬路轉角，關上門就要回房間，被父親叫住了。

父親坐在沙發上，招手叫希彥坐到旁邊。

「佐藤同學怎麼樣了？」

父親的聲音完全是平靜的，沒有生氣的樣子，然而希彥的心卻不知爲何一陣翻騰。

「最近我沒跟他碰面……因爲他說他不想見到我……」

「這樣啊。」

父親喝了一口咖啡，放到桌上。指頭的皮膚有許多皴裂，希彥覺得正視到父親年歲已高的事實。他不曾問過父母正確的歲數，可是父親彎腰駝背，走路時腳也一跛一跛的。

「井坂同學不是霸凌佐藤同學的人嗎？」

「不是的！」

希彥拚命辯解。與其說是爲了替井坂說話，更是覺得被父親識破了自己的卑鄙，他拚命想要粉飾這一點。父親舉起一手彷彿在說「夠了」，希彥感到絕望。自從被佐藤打的那天以來，他就應該想通了，自己和其他人是完全不同的生物，不管他們如何表現，都與自己無關。然而對於父母，他實在無法這樣想。

「你想說的我明白了。井坂同學不是壞人。相反的，或許佐藤同學才是壞人。擁有開闊的視野是好事。那個時候，沒有跟霸凌佐藤同學的同學正面衝突是對的吧？」

「是的。」

父親沒有看希彥。

「你也是一個獨立的人，我不能強制你怎麼做，像是叫你跟誰當好朋友，或是不要跟誰來往。可是……」

父親用指頭敲了敲矮桌。皮包骨般纖細的指頭敲在桌上，發出清脆的聲響。

「不可以生氣或哭泣。不只是負面感情而已，愛別人也是不行的。」

「爲什麼？」

希彥不是很明白「愛」這種感情，但他覺得父親的弦外之音，是悟出了他和井坂的關係，在指責這件事。即使父親沒有這樣的意圖，叫他不可以愛人，這未免太奇怪了。因爲父親信仰的耶穌基督，也說「愛你的鄰人」。

「因爲這些都必須負起責任。」

「責任……？」

「行動伴隨著責任。無論任何行動都一樣。你必須比別人更加留心才行。」

那是不容分說的口吻。希彥整個一頭霧水，點了點頭。

父親說要處理一些文件，進去自己的房間。他的背影和母親一樣孱弱瘦小，即使如此，希彥依然無法繼續追問。

他是異邦人。但還是會去救人吧，會去愛人吧。

不知不覺間，女人抓住希彥的腳踝，輕輕搖晃著他的下半身。這天，近乎刺眼的白色肌膚令他厭煩。

「吵死了。」

女人閉上眼睛，被吸入地面消失了。希彥覺得煩悶極了。

2

結業式一結束，希彥立刻掏出手機查看。

因爲井坂沒來。朝倉橋他們那裡偷瞄，也沒看見井坂。

井坂很常蹺課，但各種儀式典禮都一定出席，十分奇妙。希彥在擔心，或許父親昨天的言行傷到了他。

井坂不可能是害怕體格方面壓倒性不如自己的老人，但昨天的父親有種難以言喻的魄力。

總之，原本今天預定結業式結束後就去井坂家。

但不管是電話還是通訊軟體，都沒收到井坂的聯絡。

只能直接去他家嗎？希彥這麼想，收拾東西準備回家，突然有人拍他的肩。

「呃、欸。」

是佐藤。許久不見的佐藤臉色很差，整個人瘦巴巴的，卻不知爲何只有一張臉十分浮腫。那不健康的醜惡，讓希彥忍不住板起臉孔。儘管是這種狀態，佐藤臉上卻掛著笑，更顯得詭異。

「好久不見……」

希彥說，佐藤抓住他的書包。

「欸，你可以來一下嗎？」

「我等下有事。」

希彥簡短地說，想要甩開佐藤的手，但佐藤牢牢地抓住書包提把，不肯放開。

「很重要啦！」

佐藤幾乎是用喊的，嘴上貼著卑微的笑。希彥胸口微微發痛。那是察顏觀色、祈求不會再發生更糟糕的事的眼神。這就是佐藤的日常。

「好啦，你先放開。」

希彥好不容易扳開佐藤的手指，跟著他一起走。

佐藤在一間教室前面停下腳步。是虛有其名的美術準備室，裡面沒有任何與美術課有關的物品。但也沒有其他課程的教具，只有年底大掃除時才會進來，是堆滿了閒置工具等雜物的無意義房間。佐藤叫希彥進去裡面。

開門之前，希彥就知道裡面有人了。但他猜不出有誰，要是知道，就不會開門了。

「希子來了～」

倉橋、矢內，還有幾個男生在裡面。除了矢內以外，每個人都露出下流的笑容。

只有矢內正面看著希彥的眼睛。希彥感覺到強烈的敵意，忍不住別開目光。

「欸，你知道別人都怎麼叫你嗎？」

矢內沉聲說道。

「不知道……有什麼事？」

希彥說，矢內露骨地皺眉嘖了一聲。

倉橋賊笑著，從地上站起來。被體格和井坂不相上下的倉橋逼近，身體哆嗦起來。可能是希彥害怕的樣子很有趣，跟班大笑起來。

「這是那頭豬傳給我們的。」

倉橋亮出手機螢幕。

上面是希彥和井坂。

雖然被簾幕遮掩著，但顯然衣衫不整，兩人正在親吻。

「有夠噁的。」

矢內啐了一聲說：

「我就覺得奇怪。最近卓也都不來找我了。你要搞基是你家的事，可以不要把卓也扯下水嗎？」

「也有可能卓也也是同性戀啊。」

「倉橋你給我閉嘴，殺了你喔！」

矢內窄小的額頭冒出血管。倉橋用誇張的口氣喊著「媽啊嚇死我了」，再次席地而坐。

「又、不是、那樣……」

擠出一個字都要花上老半天。明明如此口乾舌燥，耳朵後面卻不停地冒出汗水，浸濕了襯衫，不舒服極了。

「嗳，小葵的事先不管，聰明的希子，應該明白我們想要說什麼吧？」

倉橋環顧跟班，就像在要求同意。

「放暑假了，當然想要盡情出去瘋一下嘛。可是出去玩也是要錢的啊。」

希彥聽見興奮般的喘氣聲。是佐藤在笑。佐藤打從心底開心地笑著，把手機塞向希彥。他的手機上也顯示相同的照片。

也就是說，他們在表示會保密這件事，但代價是希彥要拿錢出來。

看著佐藤的臉，困惑與憤怒湧上心頭，還有後悔。

如果那天即使遭到佐藤的拒絕，仍繼續陪伴他的話。或是更積極地制止對他的霸凌的話。各種不可能的「如果」在希彥的腦中浮現又消失。

佐藤的笑容醜陋扭曲，然而卻比他在看動畫的時候更要開心多了。

這是報復。對半吊子地介入，卻又輕易拋棄他的希彥的報復。

所以佐藤才會笑得如此開心。

「我沒有錢。」

希彥好不容易擠出沙啞的聲音說。這是眞的。希彥家確實很富有，但那是父母拚命工作得來的寶貴的錢，不是可以拱手送給對自己充滿惡意的人花用的錢。

「而且，這、這是勒索。」

「啊，這樣喔？那也無所謂。對於不肯借錢給我們的壞傢伙，我們也不必對他好，這樣而已。這張照片要是傳到網路上，會發生什麼事呢？」

倉橋將舊款手機螢幕往前伸，就像要希彥看個清楚。

「上傳那種東西的人才會受到指責。」

希彥和井坂都不是名人，只是普通的國中生。這種照片被放上網路散播，也只有一小部分的人會反應，而且就連那些人，過了三天就會忘記了。

「還跩！」倉橋恫嚇希彥，「很好，我清楚你的態度了。也就是說，我們拿著這些照片去希子家就行了吧？」

感覺全身的血液都流光了。

眼前浮現父母的臉。

每天早上聽到的母親溫柔的腳步聲。家中總是彌漫著佳餚的香氣。說話口吻總是穩重平和的父親。調整眼鏡的動作也像是在強調知性，令他感到驕傲。

兩人都很嬌小，弱不禁風，卻仍百般呵護著希彥，扶養他長大。

「跟、跟你說，不只有照片而已，還、還有你們的、影、影片。」

佐藤噴著口水說。

父母深愛著希彥，也絕對不會瞧不起「不正常」的人。他們和佐藤、倉橋這種無知傲慢的人不同。

可是縱然如此，萬一他們知道希彥做的事——

「不可以！」

希彥喊道，倉橋把手扶在臉頰上，扭動身體高聲說：「不可以～」在場的五人，連佐藤見狀都笑了。

「一毛錢都不想付，要求卻這麼多，不會太厚臉皮了嗎？」

腳上一陣悶痛，是矢內氣憤地重踩希彥穿著室內鞋的腳。

淚水奪眶而出。不是因爲痛，而是一想到父母，他就忍不住要哭。

父親說，行動伴隨著責任。

父親總是對的。父親絕對不會錯。

現在希彥就是在面對自己的責任。

「啊！對、對了。」

佐藤突然出聲。可能是激動過頭，口齒不清。

「幹麼？豬。」

矢內以露骨滲透出嫌惡的聲音說，但佐藤不以爲意的樣子，眼睛閃閃發亮。

「這、這小子，不是長得不錯嗎！」

「啊？所以怎樣？你也是同性戀嗎？」

「不、不是啦！應、應該會有大叔想、想要搞這小子。」

佐藤粗重的鼻息貼在希彥耳上。倉橋和矢內對望，就這樣跟同夥討論起來。

很快地，倉橋轉向希彥，面露冷笑。

希彥知道自己即將遇到什麼事。即使想要說不要，舌頭也黏在乾燥的嘴裡，出不了聲。怒意從矢內的臉上消失，取而代之，殘忍的喜悅浮現出來。

「無套，旅館錢另計……三萬怎麼樣？還是可以收到五萬？」

「妳在念什麼咒啊？收貴一點比較好吧？倒是他還是國中生，沒問題嗎？」

「說是超級娃娃臉的十八歲就行了吧？四十四歲的大嬸跟四十八歲的大嬸，你分得出差別嗎？」

「唔，也是。這附近有什麼好地方嗎？」

「我朋友裡面有人在做援交，我問她地點。」

倉橋咧齒笑道：

「太好了呢，你喜歡男人嘛。可以做愛做的事，又有錢拿，這不是讚透了嗎？有夠羨慕的。」

那你也要嗎？才不要咧白痴喔——他們彷彿接下來要去哪裡旅行似地，笑鬧成一團。

呵呵呵，耳邊聽見笑聲。漆黑濕潤的眼睛扭曲成屋頂般的形狀，注視著希彥。以銀鈴般的聲音發出笑聲的不是矢內，是這個女人。

啜飲豬的血吧！血裡有豬的生命。奪走贖罪吧！啜飲鮮血，吃掉不受寬恕的豬，永遠斷絕吧！

女人的嘴巴沒有動，但希彥知道女人說了什麼。

「喂，你在聽嗎？」

倉橋抓住希彥的頭髮，粗魯地搖晃。

喝掉鮮血，斷絕永恆的生命吧！

希彥點了點頭。他不知道是在對倉橋的話點頭，還是在對女人的話點頭。

3

前往通訊軟體指定的地點時，希彥是第一次自己一個人搭電車。

他想起和井坂的約定。爲了和摯友一起出遊，第一次搭電車出遠門，原本這應該會是無可取代的珍貴體驗。

『我們去這裡吧！』

『我的零用錢可能不太夠。』

『沒關係，我請客。』

兩人還聊了這些內容。

聯絡不上井坂。

獅子群裡不需要兩頭獅子王。失去領袖資格的雄獅被趕出群體，連獵物都獵不到，最後曝屍荒野。

希彥想像動物般的他們對井坂做了什麼事。他害怕看到井坂變成什麼樣了，不敢去他家。

他買了車票，穿過驗票閘門，乘上電車。一連串的動作十分順暢，所以與其說是第一次搭電車，或許只是不記得搭過電車而已。即使看到車窗外的景色，記憶也沒有回來。希彥閉上眼睛。眼底也沒有女人。只看見父母的笑容。

走出驗票閘門，矢內就站在正面。

矢內默默地走過來，從大波士頓袋裡取出小手提袋，用丟的交給希彥。

「裡面有身分證跟錢包。地圖傳到你的手機了。那裡不會檢查年齡，應該沒問題，要是被問到，就拿裡面的身分證給對方看。你是大學生，叫桑島義彥。」

矢內的聲音就這樣穿過耳朵溜走了。鬧鐘歌曲在腦中響個不停。

耶穌是我親愛朋友，擔當我罪與憂愁。

應該完全沒有記憶的景色擴展在眼前。

白色講堂、木製長椅，身穿聖袍的男子在祭壇前大大地展開雙手。

中央掛著十字架。十字架上，飽受折磨的男子被殘酷地釘在上頭。是耶穌。

父親說，行動伴隨著責任。

耶穌是爲了負起什麼責任，才會變成那副模樣？

耶穌愛著全人類。

他負起愛上人類的責任，才會變成那樣。

木製的耶穌，或許就是希彥。

「你跟大叔幹完了，就拍照傳過來啊。」

今天的矢內，臉上的妝比在學校時濃了許多。加上她的高個子和長臉，看起來甚至已經成年了。但畫出範圍的口紅，還有毫無節操地把各種流行元素全往身上放的打扮，證明了她還很幼稚。她還是個國中生而已。

「我還是……」

「我從以前就超討厭你的。」

矢內打斷希彥想要接著說的「不想做這種事」，恨恨地說：

「倉橋說卓也也是同性戀，才不是。應該說，這不是是不是同性戀的問題。你搞得每個人都失常了。卓也、倉橋，還有那頭豬都是，本來應該會就這樣一直待在這個地方長大，就這樣終老一生。可是因爲你跑來這裡，害大家都變得不對勁了。從入學典禮的時候，卓也就在看你。不光是卓也，每個人都在看你。你沒發現爲什麼你會落單嗎？因爲你太美了，美得令人噁心。」

矢內一口氣說完後，肩膀起伏喘氣。她淺急地呼吸了幾次。

「倉橋跟那頭豬，只是因爲可以欺負美過頭的你而覺得開心。眞是有夠噁的。所以他們馬上就會忘記了。反正不管是高中還是大學，你都會去跟我們完全不一樣的好學校吧？所以他們一定會覺得不重要，很快就忘記了。可是我不一樣。我到死都絕對不會忘記你。我不會罷休，會糾纏你直到你自殺爲止。我絕對不會讓你過正常的人生。」

矢內說回程大家會一起來接他，離開了。

希彥看著地圖，前往指定的飯店。

直到我自殺爲止。

負起責任，果然就是死嗎？

對於矢內，他沒有憤怒也沒有悲傷。相反地，罪惡感扎刺著心胸。同時他也覺得羨慕。矢內應該是打從心底愛著井坂。

矢內就像她說的，應該到死都不會忘記希彥吧。那應該是出於憎恨，但也近似於愛。他再三反芻矢內的話。到死都絕對不會忘記你。

他依照訊息寫的，搭乘建築物後方搖搖欲墜的電梯前往四樓。對方好像已經在四〇五號室等他了。

他向根本不信的上帝祈禱不要是老人。因為如果是老人，他一定會無可避免地想起父親。

他用顫抖的手觸摸鍍金處處剝落的門把，結果門把自己轉開了。

「哇！眞的就跟照片一樣！」

手臂很結實，長滿了堅硬的體毛，大概有希彥的手兩倍粗。

頭髮染得斑駁的男子似乎一直在門前等待。

「你是桑島同學？」

「對。」

希彥應聲，男子摟住他的肩膀。

「你美到幾乎有點不正常呢。沒有人這樣說過你嗎？」

剛剛才被這麼說而已，但希彥沒有否定也沒有肯定。

男子興奮地說著什麼。他一開口，就露出一口亂牙。希彥忍不住別開目光。因爲他想起了井坂的齒列上的矯正器。

希彥想要去洗手台，手被用力抓住了。

「別沖什麼澡了。」

男子的手伸進衣服裡。

「時間寶貴嘛，喏？」

男子的體毛在皮膚留下不快的觸感。希彥就這樣被拖走，扔到床上。

男子壓到希彥身上，強硬地吸吮他的嘴唇。舌頭就像擁有意志的生物般在口中蠕動。很軟。口腔不分美醜、性別和年齡，只是柔軟。

舌頭被用力吸吮，希彥眼眶泛淚，這時男子的臉突然離開了。

「欸，其實你年紀更小，對吧？」

男子把一雙小眼睛瞇得更小說。不光是體毛，覆蓋臉龐的鬍子也很濃，但底下的肌膚很有彈性。或許這個人比想像中的更年輕。

「高中生左右？我想也是。你看起來好像很不甘願，是有什麼苦衷嗎？」

「對，其實……」

「不過我也不會罷手就是了。」

男子的手指撫弄著希彥的下半身，鑽進他的體內。希彥口中發出女人般的悲鳴。男子的嘴巴浮現黏稠的笑。

「看，果然不是處女嘛。這種的還是看得出來呢。那我也不用太溫柔嘍。」

手指挖掘似地蠕動起來。即使扭動身體，也被肌肉隆起的腳緊箍住不放。

「不管有什麼苦衷，你跟我都一樣，一起走進這種地方的時候就已經不正常了。所以放棄掙扎吧。」

脖子被按住，呼吸不過來。男子吸吮著希彥單薄的胸膛。耳鳴不止，除了男子的聲音以外，什麼都聽不見。這個世界只剩下他們兩人了。

陰莖看起來像蛇。攻擊人類、咬破內臟的蛇。

「不要！」

希彥不是在拒絕蛇。

天花板上的鏡子倒映著女人。是被男人按倒、流淚歡愉的那個女人。

希彥說「不要」，女人的嘴巴也掀動說「不要」。

黑髮起伏，看起來正在吞噬男人的臉。

啊，你吃了蘋果，吃了蘋果。

女人的唇角奇妙地勾起。鏡子另一頭，黑獸般的男子正在挺進腰部。女人的身體配合著那動作震動搖晃。

被抬到男子肩上的白皙大腿撓彎著。

不要！不要！不要！

即使拚命喊叫，希彥的聲音也被代換成女人的嬌喊。

喝血吧！

女人開口。在深不見底的洞窟裡，希彥終於只剩下一個人了。

「不要……」

男子在希彥體內射精了。希彥的口中已經發不出希彥的聲音了。

男子劇烈喘氣，仰躺到床上。在鏡中泛著黑光的，是希彥的眼睛。

接下來，在浴室、在窗邊、在玻璃桌上，男子在希彥體內盡情洩慾。男子也不明白自己爲何會如此亢奮。背部和腰都熱辣發痛，心跳也加速到了極限，意識幾乎要消散在虛空。但是一看到希彥的臉，他就不由自主要插進他。希彥已經停止了叫喊，閉上嘴巴，直盯著男子看。希彥的體內濕熱柔軟，感覺就好像活生生地被野獸吞噬。

男子終於瀕臨極限，倒了下來，希彥爬起來，探頭看男子的臉。

「饒了、我吧……已經、不行了……」

男子舉起一手，指著沙發。

「錢在、那裡……」

希彥緩慢地轉向男子指的方向，又緩慢地轉回視線。

「我有個請求。」

男子的喉嚨發出尖嘯。數小時前還那樣可憐兮兮的少年，現在的神情卻令人駭絕。

「我得拍照才行。」

白石　瞳①

白石瞳是一名女警。
她是個正直的人。

1

接到消息時，我真的傷心極了。我在身體的別處使勁，免得淚水掉下來，結果在掌心留下了深深的指甲印。

可是，內心某處卻也忍不住想：果然。

坂本小姐——坂本美羽遇害了。接到這個消息時，我剛結束小睡醒來。

由於無差別連續殺人案的關係，我忙著製作文件資料，幾乎沒有休息，埋首工作。這時坂本小姐聯絡了我。她聽起來不太對勁。當時她剛結束偵訊，離開警察署不到十分鐘，卻又打電話過來，這也相當奇怪。雖然聽不出她是在哭還是在笑，但聲音在發抖，然而情緒又異常高亢，說的話也讓人一頭霧水。若是老到的學長姊，或許會懷疑她嗑了藥還是怎麼樣。我很想立刻趕過去，卻卡在無法缺席的要事——也就是這一連串命案的聯合會議，所以無法脫身。

這一定會讓我後悔一輩子。

坂本小姐是一連串命案的重要關係人。

無差別連續殺人案就如同它的名稱，許多人無差別地死去。

除了極少數的被害人以外，依然找不到死者明確的共通點，此外，被害人之間的行動範圍也沒有交集。起初因爲許多被害人的遺體是在都內發現，因此以「都內」無差別連續殺人案來稱呼，但現在日本各地到處都有人死去。殺害現場則是完全隨機。

殺害手法也很殘酷，不是用刀刺死或是勒死。

不知道是怎麼辦到的。

不是被剝皮，就是只有內臟噴出來，最慘的是身體內側翻出外側，變成一團顏色詭異的肉塊。

人類實在不可能做到這種事。也不知道凶器是什麼。

在一片渾沌的案情中，坂本小姐是一線光明。

只有極少數的被害人有共通點，坂本小姐就是這些人的共通點。

坂本小姐在極短的期間內，失去了父母、弟弟、男友，以及男友出軌的對象。而且在親人陸續死亡不久前，她以採訪爲名義，和另一名被害人相澤未來同學在一起。相澤同學是在和坂本小姐在一起的時候死亡的。每個人都以淒慘的手法遭到殺害，警方認定絕對就是這一連串命案的凶手所爲。

坂本小姐本人不可能是下手的人。坂本小姐身材中等，不可能獨力做到這些事。會不會是坂本小姐委託什麼人殺害被害人？警方朝這個方向偵辦。

偵訊的時候，坂本小姐也十分平靜。她的供詞看不出虛假的成分。經過調查，她的行動模式也沒有可疑之處。但她的從容鎮定，正是她最不自然的地方。

她說她在都內一家小出版社擔任撰稿人員。

就像她供稱的，真的有這家路那出版社，但聯絡對方，接電話的聲音粗濁的男人說：

「那個女的連稿子也沒交就跑了。」

然後男人發出難聽的笑聲，說：

「那個女的幹了什麼好事？犯罪嗎？她那麼陰沉，感覺要是抓狂，就會拿刀亂砍呢。我就知道她絕對會幹出什麼事來。刑警小姐，要是查到什麼，請第一個通知我啊。」

雖然失禮，但坂本小姐形容的「垃圾一樣的底層出版社」，感覺所言不虛。

我請自稱森田的男人把坂本小姐寫的文章寄幾篇過來，但都是些莫名其妙的減肥法、可疑的健康食品使用心得等等，看不出她的個人特質，毫無參考價值。

我們原本只是嫌疑犯和承辦刑警的關係，卻由於完全不相干的另一起案子，讓我們變成了朋友。

夜間運動時，我在宿舍附近慢跑，聽到男人怒吼的聲音。我循聲前去查看，發現一個大塊頭男子正在攻擊坂本小姐。

我不顧一切地壓制了男人。雖然我也受了一點傷，但是在造成無可彌補的傷害前救了坂本小姐，眞是太好了。

因爲當時坂本小姐看起來完全放棄抵抗了。

這件事似乎讓坂本小姐對我非常感謝。

她明知道我的目的就是爲了辦案，卻答應與我一起吃飯。

她說她想知道我的事。我的出身就算恭維也稱不上好，若是說出在故鄉時的經歷，完全就像在炫耀自己的不幸。即使如此，我還是期待她能敞開心房，告訴我關於命案的線索，因此對她坦承以告。

她多次要求我說出不幸的過去，尤其是遭到虐待的事。我問她同樣的內容爲什麼想聽這麼多遍，她說她想以遭受過兒童虐待的女子如何克服爲主題，寫一篇報導。她說她從事文字工作，平常不寫這類題材，但差不多想要寫出一些能讓自己引以爲傲的作品。她說會請我吃飯做爲謝酬，也會準備一些採訪費。我婉拒說我基於職業，不能收受這類報酬，而且也沒有理由讓她這麼做，但她再三拜託。她這番說詞聽不出明確的謊言，但我感覺其實應該另有目的。她一定也曾經遭受過父母或其他人的踐踏。

我從她在聽我說話時那目不轉睛的神情，依稀看出了這一點。

有時聆聽有相同遭遇的人述說，能夠獲得療癒，這是常有的事。她一定和我不同，未能順利和過去和解。

不能總是只有我說。

一段時間後，坂本小姐也開始斷續說起自己的過去。

家人的事，她只提過「跟弟弟感情不睦」，但她提到其中一名受害死者，她的男友的事。她說男友非常好，配她這種人渣太浪費了。

「可是他不是出軌了嗎？」

聽我這麼問，坂本小姐皮笑肉不笑地說：

「跟我這種人交往，怎麼可能不出軌呢？」

好半晌之間，她都維持著同樣的表情。

不光是這樣而已，她真的極度缺乏自我肯定感。

說得下流一些，她應該屬於「巨乳」那一類的。長相沒什麼特色，但妝容和穿搭都很漂亮，是容易受到異性喜愛的類型。

腦袋也不差。她說的「世界珍奇事件」或「眞實神祕事件」都很有趣。她說是從網路上看來的，但就算是這樣，如果是腦袋不好的人，我覺得沒辦法光用轉述的，就讓人聽得津津有味。

而且，她說她在網路上公開自己的小說。不像我，寫過的文章就只有工作上的文件，和學生時期的作文。

然而她卻說自己是「只有高中學歷，一無可取的蠢笨醜女」。我聽了好難受。這一定是虐待她的人們對她說過的批評。

我也在父母「醜八怪」、「白痴」、「豬」、「垃圾」等咒罵中長大，但我還有弟弟。小時候，弟弟總是對我說「姊姊是全世界最可愛的人」、「是最帥的人」。除此之外，至今為止我遇到的人，也都爲我否定了父母加諸在我身上的詛咒。我一定是運氣特別好。而坂本小姐很不幸的，沒有遇到這樣的人。

她願意述說自己後，我覺得她就像我的朋友，或是比朋友更親近的人。

聆聽別人相同的遭遇，就能獲得療癒，這一點我也是一樣的。

不知不覺間，我完全拋開了辦案的目的。坂本小姐應該是與命案關係最密切的人，我卻不知爲何，被她療癒了因辦案而疲憊的心。

『白石小姐，謝謝妳。』

她在最後一通電話裡這麼說：

『我會報答妳。』

後來不管回電多少次，她都沒有接。取而代之，她傳了一張圖片到通訊軟體。

圖片上的住址我認得。記得是她去學手工藝的教室。

之前和搭檔嘉納哥一起監視她的時候，她經常去那裡。我問她那裡是什麼地方，她只簡短地說「是手工藝教室」。我也喜歡做布偶抒發壓力，因此純粹很感興趣，問：「我也可以去嗎？」但她露出排斥的表情，因此我立刻收回這句話了。我反省：任何人都不希望別人大剌剌地闖進自己休憩的場所吧。我不再繼續追究，但嘉納哥說：「她那種態度怎麼想都不自然吧？」「那個地方或許有什麼問題」。

後來我也和嘉納哥一起在附近巡邏過幾次。但除了那裡眞的是手工藝教室以外，什麼都沒有查到。那裡就像是文化中心，附近的人不只是去那裡學手工藝，也會學烹飪，可以頗爲自由地進出，似乎沒有什麼可疑之處。網路上只找到教室的評論。

她傳來的地址底下附了地圖，以很有她的個性的工整文字寫著「托拉斯會」。

我放棄打電話給她，上網搜尋「托拉斯會」，結果什麼都沒有查到。而且那個地點就掛著「文化中心」的門牌，網路上也登記爲「文化中心」，而不是什麼「托拉斯會」。

聯合會議結束後，我小睡了一下，醒來的時候，坂本小姐已經死了。

她倒在路上，被巡邏的警察發現。

沒有醒目的外傷，卻渾身血淋淋——報告中這麼說。

我想起坂本小姐的臉。她那有些陰沉但柔和的笑容。

我不想看到坂本小姐的遺體，但應該很快就會在會議上，不只是我，所有調查人員都會看到。

「喂，妳還好嗎？」

有人從後面輕戳我，是嘉納哥。

「妳的臉色糟透了。」

嘉納哥轉了一下眼睛盯著我。他內雙眼皮的眼睛特徵十足，但只要警察當久了，好像就會變成這種眼神。

嘉納哥是去年從生活安全課調過來的，其實在刑事課，我算是他的前輩。我記得他三十二歲，大學畢業，因此身爲警察的純粹資歷跟我差不多。不過和嘉納哥搭檔，他都一定會被視爲「照顧菜鳥的男警官」，教人無法接受。但是在職務方面，實際上他也比我更

「能幹」許多，所以這或許也是無可奈何的事。

可能是因爲待過生活安全課，而且是跟騷對策室，嘉納哥與他凶悍的外表相反，非常善於問出女性的說詞，製作出來的文件也無可挑剔。

而且，他也有著像這樣關心別人的體貼。

警察組織徹頭徹尾講求階級與實力，工作中不分男女。儘管如此，還是有許多老古板，看到女警狀況稍微不好，就會埋怨「所以女人才沒用」。

像嘉納哥這麼親切的人很少見。

「謝謝。」

「所以就叫妳別那樣了。」

嘉納哥多次忠告我「不要跟嫌犯交好」。

我反駁說，也有人用這種方法辦案，但他說「妳不是那種料」。

他說的沒錯。

我早就沒辦法再把坂本小姐當成「嫌疑犯」了。不僅如此，我還把她視爲極親密的朋友。她的死讓我傷痛。我實在無法冷靜。

「要調離這個案子嗎？」

「不要這麼做！」

我用全身表示抗拒。

演變成這樣，我更不想被調離調查了。

「好吧。可是不要勉強自己。應該說，如果我覺得妳在勉強，就會跟課長報告。」

「好……」

走吧！嘉納哥催促，我慢吞吞地跟上去。

由於認定最接近命案眞相的坂本美羽遇害，又要召開會議了。

我握緊手機。

『我會報答妳。』

她說的報答，一定就是這張圖片。

我的推理沒有錯。

這一連串命案，不是坂本小姐動的手，下手的另有其人。那個人和坂本小姐原本是合作關係，但因爲某些原因，坂本小姐遭到背叛並慘遭毒手。

我覺得接到那通電話的時候，我已經隱約知道她會被殺。

但後悔也無濟於事。

她是不是在最後告訴我，這個地方有個神祕團體「托拉斯會」，就是實際殺人的眞凶集團？

「不要想什麼復仇啊。」

嘉納哥就像讀出了我的心思。

我點點頭。可是，這就是復仇。

2

「喂，不要再摳了。」

嘉納哥抓住我的手。指頭好痛。仔細一看，中指的指甲剝離浮起，滲出血來。因爲我無意識地一再摳抓桌邊。

「可是……這不是太奇怪了嗎？」

我在會議中第一個舉手，說我找到了重要線索，只要調查這個「托拉斯會」，絕對能找到下手的凶犯。

可是結果卻出乎意料。

「妳有什麼根據？」

頭髮帶著白絲的壯碩警察要笑不笑地說：

「我不曉得妳是靠女生悄悄話還是什麼手段問出來的，可是居然把嫌犯的說詞照單全收，妳幹警察幾年啦？」

不論相不相信，不是都應該視爲可能有關，進行調查嗎？我如此主張，然而不知爲何，不只是那名警察，幾乎所有人都對我的意見置之不理。

幻燈片上是坂本小姐的遺體特寫。

赤黑色的血從嘴巴朝全身噴濺，眼睛充血，表情是我從未見過的嚴重扭曲，就這樣僵固著。

我不想看到這樣的坂本小姐，也不想讓別人看到這樣的她。

眞正的她，是笑得更害羞的女子。是魅力十足的女子。

會議只是宣達坂本小姐的死亡是他殺，而且應該是一連串命案的同一名凶手所爲，模仿犯案的可能性很低，然後就結束了。浪費時間。

「你不覺得奇怪嗎？」

嘉納哥重重地嘆了一口氣，慢慢地在我正面坐下來。

「是很奇怪。」

他說，閉上眼睛。

「不管怎麼想都很怪。倒不如說，不只是這次而已，從頭到尾都很怪。妳發現了嗎？這一連串命案發生後，已經過了好一陣子了，然而看起來卻沒有半個人在認眞追查凶犯，實際上也是如此。他們在乎的，只有區分『模仿犯』和『同一名凶犯』而已。」

「你說的他們……」

「對妳囉唆地叨唸女人怎麼樣的安西警部也是。倒是，妳應該罵回去才對啊，『少瞧不起人！』」

「對不起。」我道著歉，反芻嘉納哥的話。他說的沒錯。這件事也一直讓我耿耿於懷。明明是聯合調查，然而即使是對警方懷疑涉案最深的坂本小姐，感覺認眞偵訊她的也只有我和嘉納哥。沒有提供任何後續補充線索，眞的有這樣的事嗎？

除了坂本小姐以外，好像也有幾個從被害人之間的共通點找到的人，但連這些資訊都不是傳達給所有調查人員知道。

「這次的事讓我確定了，其實警方已經猜到眞凶是誰了，但沒辦法調查。不能更深入調查，查到那個人身上。裡頭有什麼文章。不是我們這些小嘍囉能聞問的某些文章。」

「又不是電視劇……」

「啥？明明每天都在上演比電視劇更誇張的事吧？」

我只能點點頭。

桌子忽然震動起來，不是我的手機。

嘉納哥伸出節骨分明的手，抓起款式和他的手一樣粗獷的手機。

「喂？我是嘉納。是，是……」

嘉納哥掛了電話，又嘆了一口氣。

「妳還記得菅原女士嗎？她指名要找我，說見不到我就要去死。」

菅原女士是獨居的六旬婦人，以前曾經遇過收購貴重物品的業者強勢闖進家門，所以報警。當時是嘉納哥負責處理，她好像很中意他，後來動不動就指名要找嘉納哥。不管告訴她多少次，不可以這樣浪費警力，但她就是吵著要嘉納哥出來，讓人無從應付。

「我去看一下，妳不要來。」

「爲什麼？」

不曉得從哪裡變出來的，嘉納哥把一瓶罐裝果汁放到桌上。

「反正妳那種狀態什麼都不能做。回家休息吧。」

「那『托拉斯會』呢！」

「那也等妳好好休息過後再處理。我也會查一下。」

拜，嘉納哥丟下道別離開了。現在的我沒有毅力追上他。

這牌罐裝果汁的味道，就好像濃縮了全世界的甜味，在署內很受歡迎。只要攝取糖分，就能解除疲勞。包括把寶貴的一瓶果汁送給我在內，我對嘉納哥只有感謝。

即使只有一個人，想到有人支持自己，就覺得很開心。

我再次端詳坂本小姐傳給我的圖片。

托拉斯到底是什麼？從來沒聽過這個詞。

即使上網搜尋，也只找到看不懂的建材「托拉斯」的介紹。

「還是只能親自走一趟了嗎？」

「最好不要。」

身體繃住，差點從椅子摔下來。

突然有人從背後出聲。

回頭一看，高木幸次郎站在那裡。

「不會有好下場喔。」

高木的嘴巴扭曲地勾起，陰惻惻地笑著。

那令人遍體生寒的詭異笑容讓我不禁一陣哆嗦。儘管覺得不該沒來由地對別人有這種感覺，但事實上高木就因爲他的陰陽怪氣，不光是女人，連男人都對他敬而遠之。

高木是警察內勤人員。

聽說十年前，他和我一樣在重案組，在偵辦某起案件的時候腳受了傷，從此無法奔跑，所以調到內勤。他確實總是跛著腳、踩出「滋……嗒」、「滋……嗒」的獨特腳步聲走動。聽到這聲音，每個人就會想起怪裡怪氣的高木，略略皺眉。

可能是因爲在想事情，我完全沒聽見他特色十足的腳步聲。

我擺出笑臉站起來。

「不好意思，我在這裡你不能收拾呢。我現在就走。」

「沒人在說那個，我是在叫妳不要去托拉斯。」

我驚愕地看向高木。從他詭笑的嘴唇，什麼都看不出來。

「也不能調查托拉斯，早點罷手吧。」

滋……嗒。

滋……嗒。

高木宛如唱歌一般地說完，便走向門口。

「等一下、請等一下！」

我連忙抓住高木的肩膀。

「你知道托拉斯？」

高木定定地看著我，臉上的笑容消失了。

「知道啊。」

「請告訴我！」

我更用力地抓住他的肩膀。

「我、我的朋友被殺了……」

「我也是。」

聲音很沉靜。

未經修整的眉毛陣陣抽動。

高木默默地站了片刻，很快地又轉向前面要離開。

「請等一下！」

「有些事情最好不要知道。」

「爲什麼！拜託！求求你告訴我！」

嘴巴被手掌用力摀住了。濃嗆的菸味灌進鼻腔。

「小聲點比較好吧？」

高木轉動門把說：

「大呼小叫的太顯眼了，給我安靜跟上來。」

滋……嗒。

滋……嗒。

幸好，走廊上沒人。

我快步跟上高木。

高木前往的地方是資料室。案件資料基本上都已經電子化了，但年代久遠的資料，或難以電子化的物品，都存放在這裡。

「這裡有什麼嗎？」

高木完全不理會我的問題，推動架子，挖出放在紙箱裡的一串小鑰匙。

接著又一腳把紙箱踢回去，彷彿在說它已經沒用了，熄了燈一下子就出去了，動作機敏得一點都不像腳有問題的人。

高木走進電梯，按下地下二樓。走出電梯後，進入緊鄰旁邊、髒到沒人想去的男廁，把鑰匙插進掃具櫃。櫃門發出尖銳刺耳的聲音打開來，一個老字號百貨公司的紙袋掉了下來。現在紙袋已經換成新設計了，因此保守一點估計，也是超過七年以前的紙袋了。

高木默默撿起紙袋，鎖上櫃門，再次乘上電梯。

他的前面什麼都沒有，眼神卻像在瞪著什麼，令人害怕。

然後我們進入了偵訊室。我把牌子翻到「使用中」，高木終於開口了：

「答應我一件事。不，只要讀了這些東西，用不著答應什麼，應該都不會想去了——總之絕對不要去托拉斯。」

「我不答應。」

我打斷他說：

「我想破案，所以想要了解你知道什麼。可是你卻叫我不要去，我不可能答應。」

高木以捅刺般的凶狠眼神瞪著我，與他平時黏膩的眼神完全不同。他平常彎著腰，跛著一隻腳走路，所以看不出來，然而在近處一看，感覺身高足足有我的兩倍高。好可怕。

但我沒有別開目光。

「唔，好吧。」

片刻後，高木轉開視線。

「友情這東西，在恐懼面前是會消失殆盡的。」

「才——」

我還沒說出「不會」，高木便從紙袋取出厚厚一疊用燕尾夾固定的紙張。

「這些東西是關於某個少年長到不行的紀錄，是它的影本。記錄者已經死了。」

「喔……」

我提心吊膽地伸手，把資料拉向自己。

「其他還附上了許多資料。要一字不漏，全部看完啊。」

高木的表情很嚴肅。

我翻開第一頁。

✦ ✦ ✦

一月五日

損友伊藤正彥久違地聯絡了我。

年輕時候，我們經常玩在一起，他是個適合黝黑膚色的運動型男子。

我搬到士魯斯柏立以後，我們之間有些疏遠了，但接到他的聯絡，還是讓人歡欣不已。

而且他還說有個讓我開心的禮物。

細問之下，他居然說禮物是個男嬰。

瞬間，我想到犯罪的可能性，以嚴厲的語氣質問他，但似乎不是什麼犯罪情事。我稍微反省了一下。

說起來，伊藤正彥這個人雖然同時與多名女子維持關係，卻總是正大光明地宣告他不交女友也不結婚，是「女人的敵人」，但基本上親切開朗，讓人討厭不起來。他好像考過獸醫國家考試，在老家的動物醫院工作，口碑似乎也很不錯，完全沒理由涉入犯罪。

男嬰名叫「MAREHIKO」，好像是個棄嬰。

明明是棄嬰，怎麼會有名字？是怎麼變成棄嬰的？嬰兒怎麼會在正彥手上？

有太多疑問了，但一切都等見了面再說。

正彥是個細心體貼的人，或許他知道我們夫妻膝下無子，長年為此而痛苦。

一月八日

在俄亥俄州的機場附近過了一晚後，我們和正彥會合。

正彥一點都沒變。

不管是容貌、態度，都不像是時隔七年，感覺就好像昨天才見過面一樣。

「佳代子，妳果然是個好女人。跟通泰這種人結婚，妳不後悔嗎？」

他這麼對內子說，逗她發笑，真是個天生的花花公子。

「那，那個嬰兒呢？」我問，正彥叫我們跟上去，指著一輛大車。

他沒有任何說明，就要我們坐上車子，我也完全沒有起疑。我和佳代子徹底信任正彥。

在車子裡，我們愉快地敘舊。

就這樣車程顛簸了數小時，不知不覺間，現代建築物消失，一片潔白光輝的雪原映入眼簾。

正彥說，他每到秋季，就會特地造訪俄亥俄州，享受獵鹿的樂趣。

他說嬰兒「MAREHIKO」現在安置在獵友家裡。我不清楚美國的收養制度，但這部分到底是什麼狀況呢？這不算是人口買賣嗎？

車子不斷地往內陸前進，終於抵達了一棟民宅。

屋前有幾名男子，其中站著一名衣著樸素的老婦人。定睛一看，婦人懷裡抱著一團東西，好像就是嬰兒。

我們一下車，他們便氣勢洶洶地包圍了我們。

我的英語不錯，連倫敦考克尼口音都幾乎難不倒我，但他們說的英語也不是中西部腔調，十分獨特，我難以辨識。

總之，我只聽出他們迫切地要求我們收養嬰兒。

正彥似乎也相當困惑，想要問出理由，但似乎沒成功。

多數時候，只要有個嬰兒，空間裡便會洋溢著慈愛與幸福，然而這裡卻感受不到絲毫這類氛圍。只有冰冷的疏離感扎刺著全身。

我回頭看佳代子，她求救似地朝我伸手。我握住她的手，卻無法溫暖那隻手。

他們把一只大信封和嬰兒扔也似地塞給我們，我們形同被驅離一般，離開了現場。照後鏡倒映出人群，每個人臉上都浮現出不同於憎恨的恐懼。

一月九日

信封裡裝著MAREHIKO被發現時的照片，以及應該是往後取得戶籍的審判程序等需要的文件。準備得真周到。

最重要的MAREHIKO本人，是個極為甜美的嬰兒。

從體型來看，應該四、五個月大。他躺在地上，全身動個不停。以渾圓大眼仰望著我們微笑的模樣，讓我不禁感動地想世上竟有如此可愛的生物。

「老公，這孩子是不是全世界最可愛的嬰兒？」

妻子這麼說，我也點點頭，但想到我們居然如此輕易就變成「覺得自己的小孩最可愛的父母」，就覺得好笑。

後來正彥再三向我們道歉。

我說沒必要道歉，正彥說：

「他們說村子裡有嬰兒被遺棄，好像是日本人，叫我收養，不過好像有什麼更複雜的背景。」

確實，希彥黑髮黑眼，肌理細緻，若說他擁有日本人及蒙古人種的特徵，的確是沒錯。但他的長相本身，與典型的日本人大相逕庭。

但他也沒有高加索人的尖銳鷹鉤鼻、突出的顴骨、深邃的眼窩，也不像黑人那樣長頭寬鼻厚唇。這孩子究竟該被分類為哪一種人種呢？

我問複雜的背景是什麼，正彥說他也不是很清楚。知道的只有這孩子的母親已經過世，死亡前一刻只留下了「MAREHIKO」這個名字，就這樣而已。村人因為名字的發音跟「正彥」（MASAHIKO）很像，便認定「這孩子是日本人」，似乎是這麼回事，但這個情節完全不合理，也莫名其妙。

你怎麼這麼不負責任地就收下孩子？明明說沒必要道歉，我卻忍不住如此責備。但是沒辦法，正彥就是無法拒絕有難的人求救。

無論如何，我們已經把嬰兒和各種文件都收下了，MAREHIKO會變成我們的孩子吧。確實「MAREHIKO」這個發音是日本人的名字。我和佳代子討論後，決定安上「希彥」這兩個漢字。

五月七日

返家以後，每天都過得很忙碌，也很久沒有寫日記了。

以前在大學醫院任職時，我有一名病患是男同性戀者，他說因為無法和伴侶結婚，因此是採取收養的形式，以父子的名義像夫妻一樣生活。他說手續並不難，因此我也想得很簡單，但要收養外國人（希彥的身分是外國人），狀況似乎就不同了。

而且希彥沒有出生登記。這讓我再次納悶，那些村人到底是怎麼搞的？

在各種手續中，沒有出生登記這件事成了障礙，讓我們多次被懷疑犯罪，但村人塞給我們的備忘錄及正彥的證詞派上了用場。好像還一路問到美國州警那裡求證，不管在時間或是金錢上，我們都付出了相當大的代價。

我們夫妻的國籍是日本，因此向日本法院申請同意收養希彥。關於這部分，因為有處理戰爭孤兒等外國兒童收養程序的仲介業者，因此沒有想像中的麻煩。

希彥成為「川島希彥」時，他已經會走路、用餐具進食、流利地說日語和英語了。

希彥可愛無比，足以抵消這些辛苦。

我身為父親，想要為希彥做到一切。

九月八日

希彥不會哭泣或鬧脾氣。臉上總是笑咪咪的。

好像也不偏食，什麼都肯吃。

從上星期開始，我們讓他進入Day Nursery，類似日本的托兒所的地方。因為妻子說她想回歸職場了，最重要的是，不光是與我們相處，與同齡的小孩接觸，對希彥的成長也會有幫助吧。

帶希彥去托兒所，證明了我們並非覺得自己的小孩最可愛的傻父母。

因為希彥或許真的是全世界最可愛的小孩。

從以前開始，只要帶希彥外出，路上的行人都會回頭，稱讚「好可愛的小孩」。

但是在托兒所，反應更是激烈。

把希彥放到地上時，原本充滿了親子熱鬧滾滾聲音的托兒所，頓時整個安靜下來了。

"I couldn't be happier."

一名年長的婦人喃喃道，接著所有的人「哇」一聲，團團包圍住希彥。

I've never seen such a beautiful kid as you before等等，這樣的讚賞此起彼落。

在英國，因為我們的外貌顯然就是外國人，即使沒有受到歧視，但除了病患以外的人，經常對我們敬而遠之，這是我們第一次遇到如此親熱的對待，因此頗為不知所措。被眾多的人包圍的希彥一定也是一樣的，我擔心他可能會哭出來，但他就一如平常，依舊笑咪咪的。

然後，目睹這從某個意義來說，甚至能說是駭人的狂熱景象，我也能客觀地了解到，希彥真的是個絕美的孩子。

因為希彥，診所的病患增加，親近的朋友也變多了。

希彥的可愛和美麗超越人種，超越的美，或許會帶來和平。

我這樣告訴妻子，她說：

「你是因為希彥長得漂亮才開心嗎？就算對一般人來說不漂亮，希彥還是全世界最可愛的孩子啊！」

被她以嚴厲的口吻教訓，我深自反省。妻子說的沒錯。

希彥健康成長，我純粹為此感到開心。

十月十二日

讓希彥去托兒所是對的。

希彥的詞彙愈來愈多。可能是因為和當地人交流的關係，他的英語發音，比長年學習英語的我更標準太多了。

希彥會報告當天發生了什麼事。這是我每天最期待的時光。

這家托兒所的收費不便宜，但這錢花得值得，它們對幼童教育相當認真。

只要在這裡學習，好像就能進入想讀的reception class（學前班，附屬於小學的機構。在英國，上小學之前都必須先上學前班）。

我們買了鋼琴給希彥。教他基本技巧之後，他便用一根小指頭彈奏小步舞曲。對於這件事，妻子比我更歡天喜地。她說她曾經想要成為鋼琴家，但後來放棄了這個夢想。

比起鋼琴，希彥的語言學習能力更讓我驚訝。

希彥愈來愈常說出陌生的詞彙。從發音推測，應該是拉丁語。我很久以前稍微接觸過一點拉丁語，但早就忘光了。托兒所的介紹說會讓孩童學習數種語言，但沒想到連拉丁語都有。

是因為讓他在日常生活中聽到日語和英語，雙語刺激的功效嗎？

或者只要在這家托兒所就讀，每個孩童都能獲得這種水準的語言能力？

美麗絕倫，而且還是個天才——托兒所職員都讚不絕口。我在內心深深點頭同意，嘴上說「是你們教得好，謝謝」。

妻子正確的話總是在腦中縈迴。

即使不美麗，即使不是天才，希彥仍是我們全世界最寶貝的孩子。

十月十四日

托兒所好像沒有教拉丁語。

十月三十日

正彥聯絡了我。

他說有事想跟我說，請我讓他在家裡過夜。

最後一次見到他，應該是法院終於下了收養同意判決終於的時候吧。

我一再婉拒，但正彥堅持要負擔收養所需的各種費用。我們爭執到最後，決定各出一半。

正彥看到希彥，摸著他的頭說「這小子長大會讓女人哭泣」。我笑道：「你沒資格說這種話。」

都是令人懷念的記憶了。

或許是許久沒看到希彥，他驚人的成長讓正彥嚇到了。

希彥最近更進一步發揮他的天賦，幾乎令人害怕。

即使和同齡的孩子相比較，也沒看過語言表達能力如此完整的孩童。

托兒所的職員都異口同聲說最好考慮讓他去讀資優學校，也就是讓天生IQ過人的孩童學習的機構。

希彥好像只跟職員聊天，而不是跟同齡孩子交談。我和妻子也實在無法叫他跟同齡小孩聊天。

他顯然鶴立雞群。

十一月二十一日

正彥說他父親健康狀況不佳，可能要一陣子以後才能過來。

正彥的父親曾經帶我一起出遊多次。正彥和他很像，一副花花公子風貌，性情爽朗。記憶中的他無法和生病連結在一起，因此我非常擔心。

妻子開的烹飪教室似乎很順利，真開心。

現在英國以名媛為中心，ZEN——禪大為風行。禪原本是佛教用詞，指心靜如水的狀態，但英國這裡流行的ZEN，是瑜珈、穀物飲食等有益健康的觀念。

這個風潮與佳代子以和食為中心的烹飪教室一拍即合。

而且來上課的學生裡，也有人是聽到希彥的傳聞而來的。希彥既美麗又天才，她們似乎認為教出希彥這樣的天才兒童，一定有什麼祕訣。

不過我向天地神明發誓，我們什麼都沒有做。什麼都不用做，希彥自己就能從各個地方吸收知識。

我翻閱托兒所職員幫忙蒐集的資優生專門教育機構的手冊。

雖然昂貴，但或許應該認真考慮。

十一月三十日

希彥第一次跟人吵架？

聽說他用玩具丟托兒所的朋友（對希彥來說或許不是朋友）。

我本來想要去道歉，但對方的父母好像不以為意，托兒所說我不必做什麼。

十二月十七日

妻子的妹妹十和子來做客。

十和子和妻子不同，外貌美豔，是百貨公司銷售員。

她一進家門，看到妻子的臉，立刻尖叫：

「天哪，姊，妳怎麼了！」

我和妻子都不明白她為何這樣說，十和子橫眉豎目地瞪我，厲聲痛罵：

「你是不是虐待我姊？姊，我們回家吧！居然逼我姊工作累成這副模樣，我絕對不原諒你！」

我們好不容易安撫十和子，詢問理由，簡而言之，十和子覺得妻子看起來憔悴異常，油盡燈枯。

確實，妻子以前體型富態，又生了張圓臉，十分可愛，所以看到她現在的模樣，會大感驚訝也是難怪。

是因為育兒太辛苦了嗎？和希彥一起生活後，妻子確實一下子消瘦了。

但本人的食量並沒有減少。

我也相當擔心，問：「妳都有好好吃飯嗎？」、「是不是生活費不夠？」她也說不是。本人似乎不覺得有哪裡不舒服，所以我們也沒有特別設法改善，但我詫異地想原來在一陣子不見的人眼中，是這麼令人擔心的狀況嗎？

我不斷重申我絕對沒有虐待妻子，十和子才勉為其難地收起怒氣。

「仔細一看，姊夫也很憔悴耶。你是醫生，更要好好注意健康啊！」

我完全無法反駁。

我打算近期帶妻子一起去做全身健康檢查。

十二月二十三日

發生小火災，十和子受了燒燙傷。

左手小指起了水泡，但醫生說很快就能痊癒。

幸好只是小傷。

十二月二十六日

十和子好像在躲避希彥。

明明之前希彥很親十和子，十和子也說「沒看過這麼可愛的孩子」，寵他寵得跟什麼似的。

十和子的性情本來就有些反覆無常，或許她現在比較想跟久違不見的親愛的姊姊在一起。

十二月二十八日

我和十和子發生了激烈的爭執。

十和子說希彥是「怪物」。

還說火災也是希彥造成的。

「是他故意放電池的！」

確實，電池接觸到鹽水等等，會發生激烈的化學反應，但這完全是十和子的妄想。希彥才三歲而已，他不可能知道這些事。

希彥笑咪咪地喊著「十和子」走過去，十和子就厭惡地推開他。

「不要讓那孩子靠近我！他什麼都知道，什麼都聽得見，什麼都明白！」

我也火氣上來，忍不住大罵「這個瘋婆娘」。

就算沒有血緣關係，希彥也是我們的孩子。

妻子只是驚慌失措。

無法原諒。

希望十和子快點回去。

十二月二十九日

十和子回去了。

「不好意思，只要那孩子在，我就不想見到姊姊。」

這話太殘忍了。這不是逼妻子在孩子或妹妹之間做選擇嗎？

妻子沮喪極了。

原本那麼要好的姊妹發生了無可挽回的決裂，我也覺得很難過。

但希彥沒有錯。

希彥彷彿理解母親的悲傷，他畫了被花朵圍繞的妻子送給她。

圖畫得非常棒，一點都不像出自小孩的手筆。

七月三十日

差不多必須決定讓希彥上哪裡的資優班了。

我們滿懷期盼，前往托兒所職員推薦的資優兒童專門教育機構。

但是那裡與我們的想像相差甚遠。

來參觀的家長之一，以極度高傲的態度向我們攀談。他似乎以為我是某戶人家的傭人。

希彥非常美麗，而且長得不像我們夫妻，因此我們多次被視為他的保母之類，而不是父母，但如此無禮的態度，我還是第一次遇到。

最重要的課程也稱不上理想，由於「資優」一詞沒有明確的定義，讓我覺得這個地方只是為了父母的虛榮而打造的場所。我就是如此失望。

我認為還是讓希彥去讀附近私立小學的資優班比較好。

資優教育機構的職員也對希彥讚不絕口。希彥臉上掛著笑，但回去的時候，說了句「斯圖渥圖斯」。我提醒他，就算對方聽不懂，也不可以說別人壞話。

我們往後也有可能回去日本。不，在任何國家都一樣。身為多語人士的希彥，必須注意這些事才行。

因為即使聽不懂，人對帶有惡意的話仍是十分敏感的。

Stultus是拉丁語。蠢人的意思。

八月二日

正彥寫信來了。

他說父親過世了，也因為這些忙亂，他無暇聯絡我。

之前正彥說有話要告訴我，但都過了快兩年，我們卻一直沒有機會交談。我認為是與希彥的出生相關的事。國際電話確實很貴，但明明可以寫信，正彥卻不這麼做。我還是感到有些在意，但是對正彥來說，或許不是什麼重要的事，他早就拋到腦後了。

我也應該把這件事忘記。

希彥健康地成長。

不論他的出生如何，他都是我們的寶貝。

八月十一日

我以為老早就斷絕關係的母親聯絡了我。若要把與母親之間的愛恨情仇寫下來，我可能會把日記撕得粉碎，我對她就是如此恨之入骨，還沒有原諒她。

和妻子結婚一年後，母親用不堪入耳的話辱罵她。我揍了她，驚動警方，從此再也沒有聯絡。

事到如今，找我還有什麼事？我問，她居然說「占卜大師說你有危險」。

占卜大師？我完全傻眼了。

從我懂事的時候開始，母親就不斷沉淪在可疑的新興宗教裡。即使父親受夠了她，離家出走，她依然虔誠地向來路不明的神明祈禱。

因為有這樣的過去，我不信任何宗教。說我對宗教過敏也不為過。這個國家幾乎所有的人都是天主教徒，無神論者會招來有些不信任的目光，但就連基督教，我都打從心底抗拒。

對於新興宗教，只要教義有任何一點無法接受的部分，那個女人立刻就會拋棄，繼續尋找符合自己利益的神明，最後終於被詐騙占卜師給騙了吧。

我就要掛電話，她在前一刻大喊：「求求你，聯絡我！」

或許必須換電話才行。

八月十三日

社福辦公室通知我，說母親過世了。

我原本想說我跟她早就斷絕關係了，但還是沒能說出口。對方只是因為工作而通知我而已。在這個世界，死了還得花上一筆錢。

最後聯絡兒子，竟是為了占卜師所說的話，真是太淒慘了。

雖然完全是麻煩事一樁，但還是必須回國一趟。

八月十五日

來參加葬禮的人數連十人都不到，冷清極了。

喪主不是我，是小谷阿姨。小谷阿姨是母親的遠親，總是掛念著荒唐的母親，在我上大學的時候，也為我擔任保證人，非常照顧我們家。要是沒有小谷阿姨，或許我也不會來參加葬禮。

除了我以外，來參加的只有母親去諮詢的社福辦公室的三名職員，以及其他幾名婦人。父親應該也接到聯絡了，但理所當然，他沒有出席。

不曉得是害怕陌生的佛教裝飾，還是因為第一次參加葬禮，希彥哭鬧起來。這是希彥第一次哭鬧，我和妻子都很驚訝，但同時也感到開心。希彥果然是個還不滿五歲的幼童。

在殯儀館，一名婦人向我攀談。是個五官分明，年紀比我稍長一些的女子。

她用帶著口音的腔調，要求「讓我看看你兒子」。因為希彥哭鬧，所以這時妻子把他帶去附近的家庭餐廳。

我直覺她就是那名占卜師。

我不理她，準備要走，那人說了類似「這樣下去你會有生命危險」的話。

小谷阿姨也在附近，沒想到連阿姨都說「她可以信任，至少聽聽她的說法吧」。

阿姨是個老好人，一定是跟宗教成癮的母親，一起被舌粲蓮花的占卜師給哄騙了吧。我勉為其難地收下了聯絡方式，說我有事，直接離開了。寫了占卜師聯絡方式的便條，一離開我就扔進垃圾桶了。

無可救藥的女人，連死了也要給人添麻煩。

心情爛透了。

八月十七日

我們帶希彥去東京迪士尼樂園，但希彥的反應和平常沒有兩樣。

對於希彥這樣的孩子來說，這個地方或許顯得幼稚。

「或許該帶你去大人一點的地方。」妻子說，希彥回答：

“I have learned a lot.”

我們在日式餐廳用餐。希彥好像喜歡吃肉。

八月十八日

原本預定和正彥見面，但我去了約好的咖啡廳，他卻沒有現身。

等了約一個小時，我正準備回去，咖啡廳的電話響了。
服務生請我接電話。是正彥打來的。
我原本想埋怨個一兩句，話筒另一頭卻傳來熱鬧滾滾的聲音。
我更火大了。他一定是完全忘了跟我約好的事，從昨天起就整晚喝酒胡鬧吧。
我厲聲說「我要掛了」，也只聽到吵鬧聲。
我幾乎是用砸的丟下話筒，當下離開咖啡廳。
回到下榻處，岳父母正在陪希彥玩。
兩人一看到我，便行禮說「請節哀」。
「我才是，這一整天謝謝你們了。」我說，岳父母對望了一眼，說「跟十和子說的一樣」。
兩人都支吾其詞，因此我耐性十足地探問，結果他們說，我們兩個就跟十和子說的一樣，看起來不太健康。
回想起十和子那些冒昧的言行，我怒火中燒，但勉強按捺下來，半帶玩笑地說：「英國的食物和日本不一樣嘛。」
「你在說什麼啊！老成這樣，太不正常了！」

岳母大聲說，把我嚇了一跳。

我努力安撫她。

雖然他們這麼說，但我們都接受了全套健康檢查，結果並沒有任何異常。

確實，除了十和子和岳父母以外，也有幾個人說我「瘦了」、「很憔悴」、「老了」。

但我們真的好得很，所以也不能怎麼樣。

岳父母再三說「回來日本比較好」，然後回去了。

「對不起。」妻子道歉說。

可是應該道歉的人是我。

我真的讓妻子過得幸福嗎？

八月十九日

在東京度過的最後一晚，我被恐怖的噩夢驚醒了。

以前跟母親兩個人住的公寓擠滿了人，每個人都背對這裡。我自己則是小孩樣貌。

我開門想要出去，卻被後方一股強大的力道拉了回去。我拚命掙扎想要甩開。回頭看那張臉，是母親。全裸、一張臉又老又醜，但那確實是母親。

「都是你害的！」

母親說，我驚醒過來。

喉嚨異樣地渴。

從冰箱拿水喝了之後，回到床上，和希彥對上了眼。他注視著我，笑咪咪的。

雖然是自己的孩子，但我仍覺得有些詭異，不過應該是我吵醒他了吧。現在是深夜兩點，所以我對他說回去睡吧。

希彥躺了下來，但仍看著我微笑。

「日本好玩嗎？」

我問，他突然閉上眼睛睡了。

如果他覺得好玩就好了。

八月二十日

不知為何，那個占卜師在機場。

她一看到我，便大步朝我走來，匆匆地說「讓我見那孩子」。

「至少也該先報上名字吧？」

我說，對方急切地說「我叫物部清江」。

我說「家母生前似乎受妳照顧了」，她便說「那不重要」，連珠炮似地提出問題，像是：「你是不是不管做什麼都覺得很累？」總之是那類靈異詐騙的老套話術。

我和母親不一樣，不會上這種當。

我正要離去，她說：

「都是那孩子造成的。」

聽到這話，我也不禁火冒三丈，回頭想要反駁她，結果物部清江流鼻血了。

「爸，我想快點回去。」

應該和妻子去挑選伴手禮的希彥不知不覺間握著我的手。

「快點嘛。」希彥催促，但我好歹也是個醫生，再次把希彥交給妻子，把物部清江帶去醫務室。

前往醫務室的途中，物部清江用像是土佐口音的腔調說「這裡就好」，把手從我的肩上放開。我說不能丟下她，她用力握住我的手說：

「我什麼都願意幫你，趁著還沒出事之前，把那孩子——」

我沒有聽她說完。總之，這件事太可怕了。

九月十四日

讓希彥讀私立小學的資優班是對的。

希彥開始和同齡的孩子一起玩了。

他不再只是露出那種深邃古雅的微笑，開始會天真無邪地大笑，耍任性或是哭泣。

我們在他的生日（在公所登記的出生日）請來魔術師，和資優班的朋友一起舉行慶生會。

希彥對鴿子魔術看得目不轉睛。

我忽然靈機一動，問：「要不要養小鳥？」

希彥顯得很開心。

九月十九日

家裡開始養鸚鵡了。

妻子也非常支持，說這或許有助於希彥的情緒成長。

鸚鵡的嘴喙是粉紅色的，羽毛是綠色。

希彥一開始想要把牠取名叫「佳代子」。他說「因為我最愛媽媽了」，但用家人的名字為寵物取名不太好。

最後鸚鵡取了個普通的名字叫Duke。

九月二十日

希彥在教Duke說話。

希彥在家都說日語，在外面說英語（我們夫妻也都這麼做），所以希彥會教Duke什麼語言，我非常感興趣。

正彥寫信來了。他在信上向我道歉，說上次他在路上遇到事故，所以無法聯絡我。然後他留了一個住址，說如果可以，希望我們一家三口去那裡玩。

我覺得正彥似乎霉運連連。雖然我是個無神論者，但覺得正彥或許應該去神社拜拜一下比較好。

九月三十日

「早安。」

「謝謝。」

「Good night.」

「胡戛契耶。」

Duke會說這四句話。

我問「胡戛契耶」是什麼，希彥也只是害羞地低頭，不肯告訴我。是「Who got you」嗎？不曉得。

希彥看起來很快樂，我覺得養寵物真是做對了。

十月二日

Duke會在深夜或清晨發出「啊啊啊！」的怪叫聲，把我們吵醒。

這裡不是住宅密集區，因此應該是不會吵到鄰居，但我們的身體狀況很快就受到影響了。

一名病患告訴我用紙箱把房間改造成簡易隔音室的方法，我立刻試著照做，確實變安靜了。

「胡戛契耶，阿佩拉烏伊。」

最近Duke都只說這兩句話。

真希望希彥可以告訴我，這到底是在說什麼。

十月四日

發生了令人難過的事。

Duke死掉了。應該說被殺掉了。

我聽到從沒聽過的裂帛般淒厲的叫聲，連忙衝到聲音傳來的溫室，發現希彥指著Duke的屍體。

Duke渾身是血，身體分成了兩截。

旁邊有隻嘴巴和手腳一片鮮紅的灰色的貓。

是隔壁戶女子養的母貓，叫Millie。我聯絡鄰居，她拚命道歉，懇求無論如何不要把貓安樂死。

結果她把購買Duke的金額兩倍以上的錢塞給我回去了。

我不知道該對希彥說什麼，我說「給Duke蓋座墳墓吧」。

「爸，再買隻新的Duke就好了嘛。」

希彥非常聰明，所以我們經常會忘記他的年紀，但他還非常幼小。他還未完全理解生命的重要性，以及無可取代。

「就算一樣是鸚鵡，也不是Duke啊。」

希彥說了聲Got it，點了點頭。

十二月一日

鋼琴老師Winner稱讚希彥是鋼琴天才。

妻子轉述，希彥進步的速度難以置信。我因為工作，或許無法去看下星期的演奏會。真可惜。

希彥也說彈鋼琴很快樂。

這表示他將來的選擇變多了嗎？

希彥說還想要養鸚鵡，但我和妻子討論之後，決定先暫緩。

飼養新的寵物，應該再等一段時間比較好。

十二月二十四日

發生了可怕的事故，Winner老師過世了。

希彥說暫時不想彈鋼琴了。

二月十日

我一個人去了正彥告訴我的地址。妻子和希彥都有些沮喪，不願意出門。

那裡是一間大教堂。

中庭聚集了幾名和希彥年紀差不多的孩子，唱著聖歌。

像是父母的人們烹飪並享受美食，或是跳舞。

看起來很快樂。

正彥是在提議我參加這類社群，結交朋友嗎？

但我不喜歡宗教。我會問問看妻子和希彥的意願，但感覺兩人也不是會渴望這類熱鬧團體活動的類型。

我正想回去，被叫住了。

是一名身材相當魁梧的胖老人。從服裝來看，應該是神父，容貌屬於拉丁系。

「不要靠近這裡。」

儘管有著一張慈善的紅臉，對方卻凶神惡煞地這麼說。

雖然我沒有特別寫下來，但是在英國，對東方人的歧視依然根深柢固。對於黑人歧視的宣導教育不遺餘力，結果對黑人的歧視被視為極嚴重的罪行，比方說，就連Black一詞，用起來都得小心翼翼，但是對東方人的歧視就不是如此了。不過就算對當地並不歧視（被認為不歧視）的人傾訴這種狀況，也會被說「那不是歧視。到處都有這種態度差勁的人」，讓人再次經歷失望。許多日本人崇尚歐美的人權觀念，但這些人不是沒有實際在歐美生活過，就是即使住過，也仍然被視為「過客」對待，完全不理解實際狀況，如此罷了。

可是如此露骨地表達敵意與惡意的歧視主義者，實在很罕見。而且這個人還是神父。這麼過分的話，我只被惡劣的不良少年說過。

不過，如此露骨的人明白易懂，還比較好應付。因為我也可以明確地拒絕。

我丟下一句「你沒資格這樣說我」，轉身要走。

結果對方又說：「離開這個地方！」

我再次回頭，不知為何，神父露出害怕的神情。

考慮到體型，應該害怕的人是我才對吧？

「已經太遲了。已經錯過太多徵兆，無可挽回了。離開吧！」

他說，向我行禮。
這次我真的落荒而逃。
"Get lost!"
背後不斷地傳來神父的聲音。

九月三日
希彥成為小學生了。
他很適合深藍色背心。
希彥這孩子果然比任何人都要美麗。小學職員也頻頻偷瞄希彥。
要是告訴妻子，她可能又會告誡我，但我還是感到驕傲極了。

九月十日
我問小學好玩嗎？希彥笑著回答有很多小孩。
我們全家都笑了，你自己也是小孩啊！
英國的小學沒有日本小學那種聯絡簿，成績單好像也不寫平常在學校的表現。

讀托兒所的時候，任何人都可以輕鬆前往參觀，但小學不行。

小孩完全離開父母的保護，託付給學校。

像希彥這種從各種意義來說都不普通的小孩，會受到什麼對待？我感到不安。

或許現在只能相信他的笑容。

九月二十八日

今天是家長面談。

我聽說英國的小學老師奉行息事寧人主義，就算有什麼不好的地方，也不會說出來。

就如同聽說的那樣，導師只是大力稱讚希彥。

但仔細想想，希彥很聰明、運動神經很好、會彈鋼琴、長得很美，這些都是事實。

分班是根據學業成績，希彥當然被分在最好的一班，但老師說他不管做什麼都是滿分。

老師又提到資優教育，我說我們沒興趣，班導顯得很滿意。

十月六日

校方聯絡說發生非常緊急的狀況，妻子先趕到學校了。我結束看診趕過去，發現妻子正被一對壯碩的男女激烈咒罵。

男女好像是希彥的同學，Patrick Russell的父母。

他們說，Patrick和希彥打架，Patrick的手被傷到需要動手術。

班導分開兩人，各別問話，並提議送醫。

希彥呢？我問，老師說他和其他職員在空教室。

Patrick夫妻趕去醫院以後，我們去接希彥。

一打開教室門，希彥便開心地喊：「爸！」

希彥──我正要叫他，卻說不出話來。

因為他的嘴巴一片血淋淋。

陪伴希彥的中年女教師浮躁不安，眼神飄移，說「不是希彥單方面的錯」，含糊其詞。

為什麼不送他去醫院！我差點怒吼，但仔細一看，嘴巴的血似乎不是希彥的。衣服也不是他穿來上學的那一套。

總之，我們開車前往醫院。

負責治療Patrick的Brown醫生，說確定是Human Bite。

也就是說，希彥咬了Patrick。

Brown醫生說手術已經結束了。
我們正想請院方也檢查一下希彥，那對夫妻又來了，怒吼著要我們負起責任。
他們看到希彥，想要動手打他，我為了保護希彥而挨打了。
醫院職員和導師拖開那對夫妻，決定改天再談。
被硬塞過來的名片上，夫妻的職稱都是企業顧問。
希彥以天真無邪的聲音說：怎麼了？我們快點回家吧。
在了解狀況之前，不能罵他。
我們讓希彥接受簡單的檢查後回家了。

十月八日
我們在小學和Russell夫妻面談。
校方說明，Patrick平日就經常嘲弄希彥。
教師若是看到，都會警告，但希彥完全沒有放在心上的樣子，因此校方也沒有更進一步介入指導，而是靜觀其變。
出事的那天，當時正在上美術課。

這所小學為了防止霸凌，各處都設置了監視器。

校方說比起說明，直接看影片比較快，播放了影片。

Patrick（應該是一如往常地）捉弄希彥。希彥完全不理他，Patrick可能是覺得沒意思，用洗筆桶的污水潑了希彥，然後得意洋洋地對他比出手背朝外的V字手勢（這在英國是一種侮辱的手勢）。下一秒，希彥一口咬住Patrick豎起的兩根手指。Patrick號哭，拚命掙扎，但希彥怎麼樣都不鬆口。一會兒後，Patrick倒在地上按著手指。希彥轉向監視器鏡頭露出笑容，這時影片結束。

"He is nuts!"

Russell太太喊道。

她喊著絕對要提告之類的話，導師和校長制止她。

校方說，平日就做出各種騷擾行為的Patrick也有問題，最近甚至還發展成輕微的暴力行為。

我幾乎快哭了。我完全沒發現希彥居然在學校遇到這種事。

如果我更早發現並處理，希彥或許就不會以這種形式做出報復。

嚷嚷著希彥是瘋子的Russell夫妻教人氣憤，但希彥咬了Patrick的手指是事實。據說

Patrick還在住院。

我提出要支付治療及住院費用，但Russell夫妻不接受。

"You shall move out!"

Russell夫妻說完，也不顧導師制止，揚長而去。

滾出去——繼神父之後，這是我第二次被人這麼說。或許我們怎麼樣都無法融入這個國家。

唯一的救贖，是班導和校長都說校方會盡全力協助。

十月十二日

新的一週開始了。

妻子說「你可以請假在家」，但希彥精神奕奕地去上學了。

他回來以後，我問他Patrick的事，他也說「爸不用擔心」。即使我用有些嚴厲的口吻逼問，他也只是笑咪咪的。

直到最近我才明白，希彥露出無比可愛的笑容時，就是他感到為難的時候。因為不知道該怎麼回答才好，才露出微笑。

校方也沒有聯絡。

之前那樣怒氣沖天的Russell夫妻也沒有任何消息。原本擔心的騷擾，目前也沒有遇到過。

十月十三日

正彥打電話來，問我去了他給的地址嗎？

那已經是超過半年前的事了，但神父過分的態度記憶猶新，宛如昨日。

我老實告訴正彥，說神父是個過分的人種歧視者。

正彥語塞了半晌，說「我來安排，你再去一次吧」。

雖然不好意思，但我現在沒空管那些。

我對正彥說，你才應該去教會（他的身體狀況一直都不好，而且實在遇到太多壞事了）。他說已經去了，掛了電話。

希彥好像被選為班長。

可是，Patrick現在到底怎麼了？

十月十七日

希彥讀托兒所時就認識的華僑Chen一家來做客。

希彥和Jenny可能是因為從小就同樣被視為亞洲人，似乎相當投緣，兩人玩得很開心。因為Jenny的關係，希彥也學會了簡單的廣東話。

衆人喝茶聊天，這時對方突然問：你們要捐多少？我反問捐什麼？對方說是Russell家的捐款。

在英國，有人過世的時候，一般都會以故人的名義捐款給某些團體，有意願的人也可以一起捐款。

這也就是說——

Chen說「不是你的錯」，但Patrick會過世，不管怎麼想都是咬傷造成的。

聽到我這麼說，Chen似乎嚇了一跳，說過世的不是Patrick，而是Russell夫妻。還說Patrick被他的祖父母收養，轉院到格拉斯哥的醫院了。

捐款的事，據說是班導聯絡的。

班導知道我們與Russell夫妻的衝突，基於顧慮，所以沒有通知我們嗎？

Jenny出聲：我知道，Patrick的爸爸媽媽是自殺。

Chen 連忙摀住 Jenny 的嘴巴，說小孩子不可以隨便說什麼自殺。

Jenny 露出快哭出來的表情，說「可是 Patrick 不在了，大家都很開心，因為 Patrick 會欺負我們」。那對夫妻對我們的態度充滿歧視，應該是對所有亞洲人都心存歧視吧。

希彥笑咪咪的，或許他又不曉得該說什麼了。

我不知道該對希彥說什麼才好。

十月十九日

「地獄沒有限額。」

希彥好像寫了這樣的句子。

他說是卡通的台詞。

我不想說什麼卡通跟漫畫教壞小孩。

即使是恐怖或成人內容，也是一樣。

確實，也有一些人會受到影響，做出壞事，但那是個人的問題，不是內容的責任。

但是，我該怎麼教導希彥？

十月二十日

我告訴希彥，世上有許許多多的不合理。

希彥知道黑人歧視的歷史。我告訴他不只是黑人，人經常會因為外表而受到歧視。即使不是外表這類明顯的理由，也會因為思想等等，總之會因為一切理由而遭遇歧視，沒有道理可言。而這並非一朝一夕就可以解決的問題。

我開導說，對抗這些不合理的手段，絕對不能是暴力。

不管發生任何事，暴力都是不對的。

「爸，你是在說Patrick的事嗎？」

「我只是嚐一下味道而已。」

希彥微笑著這麼說。

希彥長得很美，非常清楚只要露出笑容，就能獲得身邊的人偏袒。

但身為父親，我不能放縱他這樣。

「不要找藉口，把我的話好好聽進去。慢慢來就行了，希望你能理解。」

「因為你是個聰明的孩子。」

我說，希彥看似沉思地好一陣子，然後說Got it。

希望他能懂。

因為比起聰明、追求合理，保有體恤他人的心，更要困難多了。

九月九日

希彥八歲了。

異語的情況總算漸漸消失了。

希彥天資聰穎，這件事無庸置疑，但他的大腦還沒有發育完成，足以統整資訊。

能運用多種語言的人稱為多語人士，但好像也有一些孩子因為童年時期處在各種語言紛陳的環境裡，結果每一種語言都說不好，陷入所謂limited的狀態。希彥有時會說出像是拉丁語的話（我請懂得拉丁語的人來聽——不過有家人以外的人在場時，希彥立刻就會停止異語，因此只能讓那個人聽到一些——對方說是古拉丁語，和現代人學習的拉丁語似是而非），原本我擔心希彥也會這樣，但似乎只是杞人憂天。

希彥的閱讀量很大，所以我猜想是從書裡學到的，但我到現在還是不明白他是怎麼變成多語人士的。

這樣說自己的孩子讓人有些顧忌，但他是個異端的麒麟兒。

九月九日

希彥十歲了。

到了這個年紀，把頭髮理短，頓時就變得男孩味十足，被誤認為女生的狀況也減少了。

我不是很清楚，但他好像支持切爾西這支足球隊。

希彥也會踢足球，不過也說不是特別擅長。

十二月二十日

我和正彥，變成只會互寄聖誕賀卡的關係了。

三月十八日

我開除了護理師。

她私下持有大量希彥的照片。

一個接著一個，沒完沒了。

希彥實在太美了。

若是讓他成為藝人，或是故意把他弄醜，就不會發生這種事了嗎？
但是，我不想逼他做不想做的事。

九月九日
希彥十一歲了。
我們一起拍了紀念照。
相館的人以為我們是他的祖父母，後來鄭重向我們致歉。

九月十六日
紀念照寄來了。
上面拍著笑容滿面的我、妻子，還有希彥。
希彥美得閃耀動人，這就不提了，但我和妻子確實顯得黯淡無光。
我回想起很久以前，被十和子還有岳父母指出我們老了很多的事。確實……
我一直相信，人的外表就只是一層皮膜，但或許必須更加留意一些才行。
不能因為我們，讓希彥感到悲傷。

十一月二日

電視播了捕鯨問題的新聞。

許多知名藝人參加節目，疾呼停止捕鯨活動。

媒體基本上也都支持，抨擊日本的食鯨文化是野蠻的行為。

短暫的ZEN風潮也是如此，這個國家的人，有時過度感情用事，完全看不到任何合理性與確實的成果。

我正想轉台，耳邊響起咯咯笑聲。

我以為是妻子，結果是希彥在笑。

我問他什麼東西好笑，他說這些人滿不在乎地吃牛肉，卻把鯨魚當成人一樣看待，太有趣了。

這番意見我大致上支持，但希彥在這樣的年紀就表現出「嘲笑」這樣的情緒，讓我感到驚奇，有些不舒服（雖然很自私，但我希望小孩就是天真無邪的）。

「動物又沒有心。」

希彥說，看著電視螢幕咯咯笑。

「不一定吧。」我說：「像大猩猩會團體活動，具有社會性。牠們會談戀愛，也會為同伴的死哀悼。狗好像也會做夢。爸不覺得動物沒有心。」

希彥把目光從電視機移開，筆直地看著我。

「要是動物能創立宗教，或許就可以把牠們和人類一視同仁。」

接著又對著電視咯咯笑。

恐懼。

我完全無法反駁。

也不是反駁。我被說服了。

希彥的話完全正確。

所以才讓我恐懼。

四月十日

希彥說，最近學校在流行查理遊戲。

查理遊戲就類似日本的錢仙。

在白紙畫上十字分成四區，交互寫上YES NO。把兩根棒子（一般都是用鉛筆）在分隔線上重疊成十字擺放。

準備完成後，對著紙問“Charlie, Charlie, are you here?”。如果成功召喚出查理，鉛筆就會倒向YES。

然後提出各種問題（不過必須是YES NO問題）。

結束的方式，也跟錢仙很像。

“Charlie, Charlie, can you stop?”詢問之後，如果鉛筆倒向YES，就說“Good-bye!”結束。

有些不一樣而相當有趣的地方是，錢仙有許多「錢仙不願意回去時」的怪談傳說，還會對中途不玩的人下詛咒，但查理遊戲的情況，若是查理不肯回去，可以大吼“Charlie, Charlie, go away!”，強制結束。這部分應該是國情不同吧。

希彥好像是跟依然和他很好的Jenny等朋友一起玩這個遊戲。

我不信神佛。完全不相信神靈之類。

但我覺得這個遊戲不太好。

我聽說錢仙遊戲也讓許多人因為集團心理、自我催眠等效果，導致精神出問題。查理遊戲也一樣。

我叫希彥盡量不要玩那種遊戲，希彥對我微笑。他又想打馬虎眼了。

四月十五日
出大事了。

四月十六日
希彥還活著。

四月三十日
今天是第四次上警局了。
警方看我的眼神彷彿在看什麼恐怖的東西，有時也會說出難聽的話。
妻子堅強地想要跟我一起來，但我攔阻了她。
警方讓我看了好幾次影片。
不管看幾次都一樣。
希彥和幾名學童在操場玩查理遊戲。
幾分鐘後，突然冒出一名漆黑的女人，學童陷入恐慌。

女人一個接著一個覆蓋學童。被蓋住的學童一動不動了。
女人就和出現時一樣，突然消失了。
只有希彥一個人從頭到尾一動不動，看著操場的孩子全部倒下。
女人消失後，希彥轉過頭來，露出微笑。
警方執拗地逼問我認不認識那個女人。態度幾乎是恫嚇了。
可是我不認識那女人。
就連希彥，感覺都像陌生人。

五月二日
警方手上有希彥剛上小學時的影片。
咬住Patrick的手指，嘴巴鮮血淋漓，露出微笑的希彥。
希彥的問題行為、親戚是否有前科，連希彥上醫院的紀錄都被詢問。
不管警方怎麼問，我就是不知道。
而且希彥根本什麼都沒做啊！
他只是平安無事而已。

只是露出微笑而已。

希彥微笑的時候，就是他感到為難的時候。

五月十五日

連日來的騷擾沒有停止。

雖然沒有遇到暴力攻擊，但玄關被亂搞，診所也是，一天有一名病患上門就算好的。

牆上被寫滿了惡毒的中傷：殺人凶手！滾出去！[redacted]！

因為無事可做，我出去清理牆上的文字，忽然有人叫我：喂！

是很久以前看到的那個大塊頭拉丁神父。

他又說：離開這裡！

我連反駁的力氣都沒了，不理他，繼續清理牆壁。

「喂，你還好吧？」

是熟悉的日語。

我再次回頭，是正彥。

雖然難以置信，但真的是正彥。他還是一樣，曬得黝黑，外表顯得活力十足，但眉頭擠出深深的皺紋。

我實在沒辦法說「我沒事」。說來丟臉，淚水當下奪眶而出。

正彥對神父說：「不要說這麼殘忍的話，他是我朋友。」

「可以先讓我們進去嗎？」

正彥可能以為我害怕神父，補充說「他不是壞人」。

神父自稱特洛伊。

特洛伊問希彥現在怎麼了。

自從出事那天以後，希彥就交給警方了。我每天都會查看機構裡面的監視器影像。並未發生我所害怕的虐待或拷問情事。女性工作人員（或許是警察）對希彥反而相當恭敬。

特洛伊再三確定希彥真的不在這裡。正彥也問了一樣的問題。

發現希彥真的不在，竟讓他這麼開心嗎？神父終於願意在沙發坐下來喝紅茶。

正彥和神父告訴了我一些事。是極為漫長的過去，以及大量資料。那些內容全都讓人無法置信。荒誕無稽、莫名其妙，是胡言亂語。

但我並非睜眼瞎子。看到的現實，讓我無法對這些一笑置之。

是真的。全都吻合發生過的事。

我不知道該怎麼辦才好。
我沒有能夠依靠的父母，也沒有能祈禱的神。

✦ ✦ ✦

「托拉斯，禁忌之地的名字。諸多男女捨棄信仰，投靠魔鬼，以形形色色醜惡的妖術，讓作物枯萎，殺害胎兒及幼畜，讓人畜受苦患病，招災攬禍。我們對此感到強烈的悲傷與痛苦。然而當地的聖職者卻未能認清女巫的罪孽之深重，不願提供充分協助，令我們派遣的兒子任務受阻。因此我們要將這塊土地連同居民逐出門外。我們命令身爲審問官的兒子，得以自由且不擇手段地矯正、懲罰任何人，將其投獄。」

〇

這塊土地以前由信仰異端的王所統治，赫赫有名。
在異端及拜金主義者，亦即猶太人等帶來的豪奢繁榮的時期，建起了托拉斯城。
托拉斯城呈六角形，據說是由異端者穆達在一天之內興建的。
傳說每天夜晚都傳出可疑的金屬聲、刺耳的嬌喊、焚燒物體的惡臭。

自古居住此地的耆老作證說，那似乎是在製作假貨幣。可是這股臭味是怎麼回事？
矗立在這座城裡、擁有許多乳房的異端女神像又是怎麼回事？
巴力、阿斯塔蒂……都是索求祭品的僞神。
這座六角形的異形之城是什麼？
六角形是魔鬼的紋章，是進行黑暗行爲的鐵證。
倘若耆老所言爲眞，就必須爲這些悖德的行爲，判他們死刑。
倘若耆老所言爲假，就必須以僞證之罪，判他們死刑。
女巫必須處死。
不是因爲殺人，而是因爲勾結魔鬼。

○

「閣下聲稱已經終結的女巫事件再次爆發了。那慘狀筆墨無以形容。多麼悲慘、可怕啊！遭到嚴峻的告發，不知何時會遭到逮捕的男女，在城裡就有多達四百名。有男有女，不分身分高低，甚至有神職人員。」

○

今天有四人被執行火刑。已經有多少人被燒死了？……大概有異端的三成或四成吧。

我們的主教說，縱然女巫有罪，也要對孩童法外開恩。因此孩童剝光衣物後，杖打百下，予以赦免。

即使以小火燎烤至死，對女巫的火刑仍遠遠不足夠。相較於在地獄等待她們的永恆業火，女巫在這個世界受苦的時間太短暫了。

在可怕的托拉斯此地，我們逐一審問每一個人，連一隻老鼠都不放過。

這塊土地盛行相互包庇（恐怕是爲了自保），沒有任何人自首。告發異端，有什麼好遲疑的！

首先用繩索吊頭，再把人打醒，拔掉雙手指甲，用針扎拔除指甲的部位，套上燒紅的鐵鞋，再用鐵槌敲斷。

然而卻沒有任何人自白。只是以混濁的眼神，緩緩地合掌。

很快地，我們其中一人，從一名叫蕾貝卡的女人那裡沒收了一張紙。

上面以醜陋無比的字跡寫著「從地獄被拖出來」。

我們也對蕾貝卡的母親進行夾拇指之刑，起初蕾貝卡滿不在乎，但聽到母親叫喊：

「審問官大人，請住手！請告訴我該說什麼，叫我說什麼我都說！我不知道我做了什麼！啊啊，我的骨頭……！」蕾貝卡終於自白了。她招出了女巫進行異端聚會的地點。

〇

我們看到了。

他們提著油燈，在某户人家集合。接著宛如唱和祈禱文一般，開始呼喚各種魔鬼的名字。結果動物外形的撒旦突然現身了。

接著撒旦不分男女，與和牠最接近的人依序交媾。

異端女巫的可怕之處，就在於魔鬼與人類這種污穢的交媾。

因爲人類能透過與魔鬼性交懷孕。

我目睹和魔鬼性交的女人產下魔鬼之子。

是個女孩。

女巫若無其事地哺乳，在第八天集合，生起熊熊烈火，將嬰兒丟入火中焚燒。

被捕的異端裡面，有人寶貝地抱著一只黃銅盒子。沒收之後打開來一看，裡面裝滿了大量白粉。當時我們將其視爲調製毒藥的證據、是異端的鐵證，但盒子裡面裝的，其實是嬰兒的骨灰。

〇

我們看見托拉斯的女巫進入人不會進去的積雪深邃的森林裡。

尾隨一看，那裡正進行著驚心動魄的行爲。

進行這些醜行的時候，本人看到得對方嗎？也就是看得到魔鬼嗎？就我們截至目前所知的實例，魔鬼總是以女巫看得到的樣貌進行。森林裡，多名女巫赤身裸體，有些人仰躺，有些人四肢跪地。她們手腳的位置、腰腿的動作，顯然呈現出正在性交與高潮。我們看不見的某物，實在太醜惡、太可怕了。

○

艾薇拉、可妮、烏蘇拉，這三個就是在雪中耽溺於醜行的女人。可妮的肚臍下方，有不同於女陰的洞穴。我們在審判官的見證下，檢查那個洞穴。

受過天主教洗禮的醫師，以探針深入該穴。可妮呼天喊地，斃命之前，自白她就是用這個洞與魔鬼交媾。

○

透過三名女巫的自白，我們又見證了醜惡的儀式。

不分男女老幼，可悲可嘆的是，甚至連被視爲神職人員的人都參與其中。

他們委身於魔鬼。魔鬼對女巫施行新的洗禮，刻上魔鬼的印記，以示忠誠。

他們生起不淨之火，以狂宴、舞蹈頌揚撒旦爲神，跪地爬近，點燃松脂蠟燭獻給牠。

然後懷著無比的尊敬，親吻牠的陰莖。他們稱撒旦爲眞神，乞求撒旦幫助，報復拒絕他們的人。

同時，他們透過魔術的力量，讓自己的孩子窒息，加以刺殺。接著趁夜偷偷從墓地裡挖出屍骸，搬到集會上。

他們把屍骸奉獻給占據王座的撒旦，擠出它的脂肪保存，切斷頭顱和手腳，切分爲肉並食用。接下來所有的人，不分男女老幼，彼此交媾。母子、兄妹、父女，百無禁忌。

對上眼了。

是一個叫伯納德的年輕農夫。

他附耳對魔鬼說悄悄話。

○

已經完了。

吉姆・威廉斯

撒姆・馬提諾

米凱爾・斯圖亞特

維克特・弗德

皮耶爾・巴爾德

從最優秀的五人開始，幾乎所有正義的審問官都突然倒下了。

四下充斥著大量內臟，宛如那天夜晚看到的集會情況。

魔鬼的孩子把教皇的塑像拽倒在街頭，衝進審問官邸放火。

書籍遭到焚燒，幾乎所有紀錄都被毀了。

狂亂之中，我不顧一切衝下山……被一名樵夫收留了。

此處記載的一切，是我在可怕的托拉斯目睹的事實。

我向神明發誓，句句屬實。

○

讓我後悔的，就是我過於寬大，沒有燒死那些孩子。

繼承魔鬼血統的孩子，不該讓他們活下來。

『廢墟之旅⑤　托拉斯』

✦　✦　✦

在美國的大城市，人們聚集在時代廣場，狂熱地倒數計時。但是在偏鄉的托拉斯，卻不是如此。

托拉斯住著一對年輕的夫妻，奧利佛與瑪麗。

兩人靠著幫忙親戚的農場，清貧度日。

在那個雪夜，奧利佛留下瑪麗，和朋友一起外出。最近家畜小屋經常遭到破壞，因此他們要去巡邏。

瑪麗想等到奧利佛回來再休息，坐在暖爐前看書。

這時，忽然傳來敲門聲。

瑪麗坐著觀望，敲門聲愈來愈大，愈來愈粗暴。

瑪麗確信來人一定是叔叔布萊安，立刻前去開門。布萊安是個爽朗的農夫，但一喝醉就會四處遊蕩，像這樣到處拜訪認識的人。

然而站在門外的卻不是肥胖的中年男人。

而是一個瘦得像根棒子的黑髮女子。

女子雖然穿了件連身裙，但沒有外套，甚至沒穿鞋。

瑪麗是個好心人。她認為黑髮女子一定是遭到丈夫家暴，好不容易才逃了出來，對她滿懷同情。

她讓黑髮女子進屋，要她待在暖爐前溫暖身子。

然而女人卻把手裡的東西塞給了瑪麗。

女人的態度實在太急切，瑪麗反射性地接下來，結果女子幽幽一笑後，當場倒下了。

女人的眼睛睜著，看起來已經斷氣了。風雪這麼大，瑪麗覺得救護車和警察一時都趕不過來。混亂之下，她打電話給住在附近的布萊安，說明經緯。幸好布萊安似乎沒有喝酒，正在和朋友用餐，說他會立刻趕來。

掛掉電話以後，瑪麗提心吊膽地觸摸女人塞給她的東西。

她一片片掀開用骯髒的布裹了一層又一層的那團物體。

是一個嬰兒。臉頰圓滾的嬰兒。

瑪麗抱起他，他便大大地睜開眼睛。眼睛是漆黑的。

一眼就看得出來，是女人生下的孩子。

必須煮熱水溫暖嬰兒才行。正當瑪麗這麼想，又有人用力敲門了。

這次是真的布萊安來了。

「叔叔，有嬰兒——」

瑪麗沒有說完。

冰冷的物體抵在喉嚨上。

「剛才有女人進來吧？」

骨瘦如柴的手掐住瑪麗的手腕。

一名黑衣修女站在瑪麗背後，用刀子抵著她的脖子。

撲上來的風雪和恐懼，讓瑪麗完全發不出聲音。

修女狠狠地瞪了屋內一眼。

「嬰兒在這裡吧？把嬰兒交出來，就饒妳一命。」

瑪麗之所以沒有交出嬰兒，不是因為她想保護嬰兒，而是她全身僵硬，動彈不得。

她感覺修女握刀的手使勁了。

我要死了——正當瑪麗這麼想，響起了爆炸聲。

火藥的臭味。

她驚恐地睜開眼睛，看見奧利佛、布萊安，還有幾名男子舉槍站在那裡。

瑪麗整個人跪倒，奧利佛衝上來抱住她。

她和倒在地上的修女對上了眼。

可能是被布萊安射出的子彈擊中，修女的臉部缺損了一部分。

即使如此，修女依然試圖用手臂在屋中爬行。

「有嬰兒！」

瑪麗顫聲叫喊，布萊安用粗壯的腳踩住修女的背。

「MAREHIKO！」

砰！

布萊安擊出的第二顆子彈，這次真的奪走了修女的性命。修女的臉維持著尖叫的表情僵固了。

原本溫暖的小木屋，現在成了倒臥著兩具女人屍體的淒慘場所。

後來經過調查，發現修女名叫特蕾西．傑克森，是如假包換的天主教修女。

關於這兩具屍體，村人都沒有被追究責任。瘦女人或許是非法移民，而且根本沒有社會安全號碼，因此完全查不出身分。而特蕾西修女隸屬的教堂人員，也不知為何主張修女與他們無關，沒有對布萊安提告。

就這樣，瑪麗和奧利佛身邊，只留下了修女最後喊道「MAREHIKO」的嬰兒。

「MAREHIKO」真的是個非常可愛的嬰兒，但夫妻不知如何是好。因為瑪麗的肚子裡，已經有了即將出世的新生命。瑪麗是第一次生產，沒有自信能一次照顧好兩個嬰兒。

這座村子並不富裕，找不到其他願意收養嬰兒的人。

「『MAREHIKO』是不是日本人的名字？」

一名叫馬克的年輕人說。

確實，嬰兒黑髮黑眼，看在居住在鄉間的他們眼裡，具有亞洲人的特徵。

「我朋友裡面有個叫這個名字的日本人。他每年秋天都會來打獵。他很有錢，或許會願意收養。」

馬克找來的就是伊藤正彥。

伊藤正彥對這一連串的事情，與其說是同情，更是深感興趣，答應立刻就會過來。他說他有個朋友因為一直沒有孩子，深為煩惱，也會把那個朋友一起帶來。

不只是夫妻，其他村人也都很開心。能夠讓富裕的日本人收養，嬰兒也比較幸福吧。

正彥將在三天後抵達。

以下就列出這三天之間發生的不幸吧！

雞全部死光了。

布萊安被人發現懸梁上吊，雖然保住了一命，但陷入昏迷。

下起了難以置信的暴雪，身體較差的人、幼童都捱不過凍寒而喪命了。

瑪麗和奧利佛的屋子被積雪壓垮，兩人喪命了。

全是短短三天內發生的事。

鄉下村子本來就迷信，他們立刻想到了「不幸」的原因。

是「MAREHIKO」。

他們多次試圖殺死「MAREHIKO」，只要說他撐不過天寒地凍猝死就行了。

但每一次都失敗了。

即使屋子垮掉，都能兀自睡得香甜的嬰兒，他們不可能殺得死。

村人把嬰兒塞給了終於抵達的正彥。他們想要把災禍的原因推得愈遠愈好。這樣應該就可以結束這一連串的不幸了。

然而，「MAREHIKO」離開後的村子，現在已無人居住。

並非所有人都遇上不幸死去了，應該也有幾個人倖存下來。

然而家畜死絕，冬季結束後仍長不出任何作物的農地，會有誰願意留下？

「希彥應該不會受到法律制裁。」

✦ ✦ ✦

神父說：

「但無論法律如何規定，他就是魔鬼。」

儘管他們突然揭示的內容宛如異教的神話，但我只能相信。

「和我們相處在一起，他有可能萌生出善性嗎？確實，過去希彥也有一些奇妙的地方，但現在的他會天真無邪地笑，他會哭，也會像孩子一樣鬧脾氣。」

神父重重地嘆了一口氣。

「那只是因為他從你們那裡學習到，要怎麼做才能讓自己像個人而已。」

我想起希彥常說的 Got it。

我什麼話都說不出來了。

但即使如此……

「希彥是我們的孩子啊！」

妻子走了進來。她不知何時離開自己的房間，聽到神父和正彥述說的內容。

「你們不要在那裡胡說八道！你也是，為什麼不幫希彥說話！」

妻子揮舞著細瘦的手大喊：回去！

神父用憐憫的眼神說：「無可救藥。」

正彥也說「冷靜下來談談吧」，然後回去了。

五月十六日

希彥好像一直在睡。

聽說他被送去醫院了，但我們甚至無法見面。

新聞連日都在報導這起事件，但描述成是神智不正常的變態所為。雖然不知道是校方還是警方的意思，但這表示影片應該沒有被交給媒體。

診所也沒有病患上門。

已經到了極限了。

我費盡千辛萬苦，在這個國家取得了家庭醫師的資格。

我以自己的方式拚命努力，在這塊土地奮鬥至今。

但我再也撐不下去了。
或許是時候離開了。

五月十九日
警方通知，希彥醒來後，我們可以接他回家。
真是不幸中的大幸。

五月二十日
正彥聯絡了。
他說會帶神父一起過來。
我說等希彥回來，我們會搬離這裡，沒事了，但正彥說這樣不夠。
他說無論如何都想在希彥回來前見我一面，因此我說服妻子，說好明天見面。
我不知道到底還有什麼好說的⋯⋯
但我拒絕不了。

五月二十一日

神父一進家裡，就把一只沉重的木盒交給我。

我問盒子裡是什麼，他說是刀子。

「機會只有一次。」

「什麼機會？」

「他一踏進家門，就刺死他。」

你在胡說什麼？我本來想怒吼，但連這個力氣都沒有了。

對他們來說，希彥就是怪物。

我嘴上應好，接下刀子，神父說：「反正你下不了手吧？」這還用說嗎？希彥是我們的孩子。

正彥叫我冷靜地回想至今發生的種種。

我明白。

我愛著希彥。雖然他並非我的親生骨肉，但我愛著他。

但與此同時，

我覺得他很可怕。

這是無法告訴妻子的情緒。
希彥很可怕。
希彥什麼都做得到。
他會說沒有人教他的古拉丁語。
他會殺動物。
他對於攻擊別人，沒有絲毫猶豫。
悲慘的事故一再發生，這實在不可能是巧合。
是希彥幹的。
我們和希彥在一起愈久，生命力就被榨取得愈多。妻子溫室裡的花一下子就枯萎了，
我們變得形容枯槁。
希彥原本就很美，最近更是美得令人瞠目結舌。
他的美也讓我害怕。
我不是相信了被詛咒的村子或女巫那些東西。
我本來就一直害怕著希彥。
只是不想承認而已。

因為希彥是我們的孩子。

「我不想殺他……」

說出口的話，顫抖得令人窩囊。

神父重重地嘆了一口氣。

他說：那麼，把他帶來教堂。

五月二十三日

把希彥帶進教堂以後，我就沒有記憶了。

但似乎勉強成功了。

勉強。

對於特洛伊神父，我再怎麼感謝都不足夠。

當然，治療費我會全額負擔。他是真正的神職人員。

特洛伊神父醒來後，我必須再次向他道謝。

妻子也會理解吧。

五月二十四日

特洛伊神父永遠失去了左姆指、食指和中指。

我說讓我負責手術費用和接下來的照護，但神父神情嚴峻地說：

「不要再踏上這塊國家的土地。」

我感到受傷，妻子似乎也有話想說，但對於救命恩人，我們能反駁什麼呢？

我們會在年內返回日本吧。然後再也不會回到英國。

「只是讓他暫時沉睡而已。」

神父撫摸著仍怵目驚心的臉部傷口說：

「每星期都要讓他上教堂。」

他說，把一個地址交給我。

是日本的地址。

日本沒有梵蒂岡認證的驅魔師，但東京似乎有一名愛爾蘭牧師，以自己的方式為人驅魔。

我不停地行禮，離開了教堂。

願上帝保佑我們。

3

不知不覺間，已經過了午夜。

我如同字面形容，花了整整半天讀完了這份資料。不知何時開始，坐在眼前的高木完全從意識裡消失了。

我驚覺抬頭，發現高木正瞅著我看。難不成我在讀這些資料的時候，他一直在看我？

「理解了嗎？」

「理解……」

「我說內容。」

爲數龐大的頁數裡，只有幾頁我貼了標籤。我看著那些標籤，說：

「這似乎是一名叫希彥的少年的成長紀錄呢。希彥的父親是在英國執業的診所醫生，妻子也住在一起。然後……呃，希彥是在有可疑傳說的地方找到的神祕……」

「夠了。」

高木傻眼地說。

「妳挑的重點都不錯，看來妳做事很得要領。可是也就這樣而已。真的很笨。妳什麼都沒發現嗎？」

或許我在讀資料時，高木眞的一直在觀察我，所以知道我在哪些地方貼了標籤。

我沒有應話，沉默不語，高木不耐煩地開始抖腳。

「妳現在幾歲？進來幾年了？看起來才二十出頭。」

「我二十七了。我高中畢業就——」

我還沒回答做了幾年，高木就誇張地、一個音一個音發出浮面的「哈哈哈」三聲。是嘲笑。

「娃娃臉呢。不過這樣的話，妳應該是數位原住民世代吧？」

數位原住民，指的是一出生就擁有網路環境的世代。

「而且世代也完全重疊，難道妳……」

我依稀察覺高木爲什麼笑我了。

「呃，我對網路確實不熟悉。以前唸書的時候，別說電腦了，我連手機都沒有，而且現在也幾乎不上網……可是這有什麼關係嗎？」

高木一本正經地嘆了口氣。

「妳怎麼好意思這麼理直氣壯啊？妳是刑警吧？就連我的同期，也不敢說什麼自己不上網。妳太不上進了吧？慚愧一下，好嗎？」

我完全說不出話來。嘉納哥和其他人也這麼說過我。網路和社群網站確實有許多誘發犯罪的因素，非常可怕。但也因爲這樣，必需隨時關注才行。

我戒愼恐懼地察看高木的臉色，高木再次瞧不起人地笑了。

「不過唸書的時候連手機都沒有，不是家裡很窮，就是父母很嚴吧。沒辦法。不過，妳現在的行動，跟家裡或父母都無關。這一點妳要了解。」

我再三點頭，高木從紙袋裡取出一張紙。

上面貼著一張照片。

雖然有些模糊，不過是一名老人的上身照，下面寫著姓名和類似經歷的內容。

「呃……也就是說，這份日記的作者，就是這張照片的人，川島通泰醫生嗎？」

高木深深點頭。

「呃，首先……」

我先停頓了一下。

高木銳利的視線扎在皮膚上。

「老實說，我難以置信。」

「砰！」的一聲，桌子搖晃。是高木用膝蓋踹起了桌板。

「可是沒辦法啊！這種簡直像奇幻作品的情節……突然說什麼有可怕的女巫……教人怎麼相信？」

確實，內容耐人尋味。

日記很長，還包括了一些對無關的我來說不重要的育兒紀錄等等，所以很難啃，但這部分營造出眞實感，做爲讀物或許很有趣。

可是冒出「女巫」之後，就毫無眞實性可言了。

應該不只有我會把女巫當成奇幻作品中的生物，就像龍、獨角獸那些吧。只要是日本人，一定都會這麼想。

以古老文體撰寫的不知是中世還是近世的「狩獵女巫」情節，我也在學校學過。陷入財政困難的天主教會，把受到社群排擠的人們視爲異端，沒收他們的財產，藉此東山再起。但這樣的行爲在持續的過程中，偏離了原本「沒收財產」的目的，修道士甚至是市民都對迷信深信不疑，排除女巫的浪潮如火燎原。被當成女巫處刑的人，都是無辜的人民。

她們爲了逃避可怕的拷問，自白根本沒有做過的事。

所以不管描寫得再詳細，女巫的傳說都是假的、是捏造出來的。沒有什麼跟魔鬼訂契約做壞事的女巫。

在現代日本，提到女巫，或許會有許多人想起《哈利波特》。

我想起了坂本小姐。坂本小姐說她也非常喜歡《哈利波特》，還說她就是受到這部作品的影響，才會開始寫小說。坂本小姐說，她想認眞寫一部小說，等到作品完成，就投稿出版社的獎項。她一定很想完成。想到這裡，鼻腔深處一陣酸楚。

「而且，如果命案凶手是擁有女巫力量的少年，是現在引發命案的危險人物，就應該立刻——」

「因爲太危險了。」

高木以平板的語調說：

「現在搜查本部裡有誰？宮田嗎？杉浦嗎？安西嗎？總之，他們都知道不能跟這個案子扯上關係。所以他們不打算查案。因爲查了也沒有意義。」

「我要回去了。」

我對高木完全傻眼了。不，不僅是傻眼，甚至感到憐憫。他會退出第一線，原因一定不是因爲腳傷。證據就是，他的動作比我更要機敏許多。眞正的原因，是他陷入了這樣的妄想。高木提到的三個人，現在都是課長級的長官。他們一定本來都是他的同期吧。高木因爲深陷妄想不可自拔，才會一個人淪落到這種地步，太可憐了。

高木把一張紙扔到就要起身的我面前。是照片。

然後我說不出話來了。

我一瞬間就被照片裡的人徹底奪去思考能力。

碩大的黑瞳、漆黑的頭髮、薄透的白肌。

讓人懷疑這是眞實存在的人，不可能屬於這個世界。

「這就是希彥。」

超越了性別和年齡等所有的一切，美麗的少年在照片中微笑著。

「稍微願意相信了嗎？」

難以置信的是，我只能點頭。就如同「百聞不如一見」這句話所說，這張照片比我花了半天閱讀的資料更滔滔雄辯地道出希彥是超越人類智慧的存在。

「居然能跟這種東西生活在一起，川島家的人也太不正常了。妳懂吧？不是很像藝人、好美、好欣賞那種層次，對吧？」

「好……可怕。」

極度原始的話溜出口中。可是，我只能這樣說。從那美麗的雙眸、筆直的鼻梁、花瓣般的嘴唇，從他的一切，看不出任何一丁點良善。他的臉不適合任何用來稱讚人類的詞彙，儘管無限接近對美麗的景色感覺到的神祕事物，卻能明確地感受到，這是邪惡的美。

「沒錯，這是可怕的東西。是邪惡的東西，不好的東西。」

「可是……可是！」

我嘗試最後的抵抗。

「就算有個美得超乎尋常的人，就要人相信那種超常現象般的內容，實在是強人所難。太跳躍了。命案也是……對，假設他是凶手，反倒是因爲希彥長得這麼美，所以別人受到他的教唆犯案，這樣想不是比較順理成章嗎……？」

「我以前也這樣想——直到眞正面對他本人。」

高木以乾燥的聲音笑道：

「重案組巡查部長，塚本雄太郎——不，現在階級升到警部了呢。雖然他已經沒有『現在』了。那個時候，我跟塚本一起追查希彥的下落——那個時候是叫男國中生失蹤案。塚本責任感很強，是個好人。距離現場十五公里遠的超商監視器拍到了希彥，所以我們一起監視周邊。那附近有川島醫生都會帶希彥去的驅魔師的教堂，所以從行動模式來看，相當合理。我們認為國中生一個人離家，能夠投靠的地點也只有教堂了。可是，我們錯了。」

高木的手微微顫抖著。眼睛布滿血絲，神情異樣，彷彿隨時都會放聲尖叫。

「最先看到希彥的是塚本。希彥坐在一座大公園裡圓頂狀的遊樂器材裡。塚本只是看到希彥，就整個人失常了。他突然整個人撲向希彥……好可怕。我拚命拉開塚本，卻被他推開，狠狠地撞到了頭。我清醒過來的時候，希彥就跪立在我的眼前，俯視著我。」

高木豎起食指，移到自己的唇上。

「他擺出這個動作，說：『血的交合』……瞬間，我的腦袋燒得就像爆炸一樣。心臟跳得飛快，我脫下了制服，什麼都不管了，只想跟眼前這個美麗的生物……就在我的腦袋徹底被支配的前一刻，背後遭到猛力一擊，清醒過來。是渾身鮮血的塚本使盡全力揍了我的背，所以我才清醒過來了。我正要做出匪夷所思的事。不管怎麼想都太失常了。所以我撿起丟在地上的裝備。我的本能告訴我，他是什麼人都無所謂，絕對必須現在就殺了他。可是啊，我失敗了。」

嘶、哈，高木不停地粗重喘氣。

「我想站起來，發現腳使不上力。劇痛從腳底爬上來，嘴巴發出不像樣的慘叫。然後，那傢伙露出打從心底感到不可思議的表情，就這樣走掉了。我連追上去都沒辦法。我做不到。那種東西，不可能殺得掉。」

「那塚本學長……」

「不是說了嗎？他現在是警部了，連升兩級。他一定是用盡最後的力氣保護了我吧。」

我覺得說「請節哀」也不對，勉強擠出話來。

「那，假設你說的都是眞的……你不想替塚本學長報仇嗎……？」

「妳白痴嗎？爲什麼我要把塚本爲我保住的這條命往水溝裡扔？不過，笨的也不只你一個人。宮田、杉浦和安西都責怪我，說要替塚本報仇雪恨。可是我不是說了嗎？沒用。我不知道詳細情形，可是他們也看到那傢伙了。然後每個人都明白了，沒用的，不管做什麼，都是白費工夫。」

「怎麼這樣……」

「妳在當基層員警的時候也巡邏過吧？應該也遇過幾次『屋前站著女人，出聲攀談就不見了』、『跑過車子前面的小孩沒有腳』這類案子吧？因爲叫什麼女巫，所以不好理解，不過這就是那類案子。無能爲力啊！只能寫寫文件交差就算了。從川島家流出來的這些資料，我本來也不打算再給任何人看。」

「那爲什麼拿給我看？」

「因爲妳一副會做傻事的臉。」

高木恨恨地說。

確實，綜合這些資料、希彥的照片，還有高木退出刑案調查的原因，希彥是超越人類智慧的怪物，這件事或許是眞的。

「妳懂了吧？『托拉斯會』這個團體的名字，應該也是來自他的故鄉『托拉斯村』。他召集許多人——具體來說，召集一群人生失敗者，殺害那些害他們變成失敗者的對象。這些警方都已經查到了。妳還是菜鳥，所以沒被知會罷了吧。

我感到極度的氣憤，不是因爲高層刻意隱瞞資訊。

退讓百步，接受希彥眞的擁有無比的力量，憑人類的力量無從對抗好了。他們就沒有想過參加「托拉斯會」的人嗎？確實，那些人當下應該很爽快吧。可以不必弄髒自己的手，就對看不順眼的人復仇。但這種事若是一再重複，會怎麼樣？

一定會變本加厲。漸漸地，不只是害自己不幸的人，連只是在路上撞到這點小事，都能引發殺意，要希彥殺了對方。但總有一天，那些人一定會恢復理智。會害怕起來。會無法相信任何人。他們會想總有一天，自己也會被殺掉。

如今，我能理解坂本小姐就是陷入了這種狀態。

她很害怕。殺了父母、弟弟、男友、男友的出軌對象，殺了五個人，這時她忽然回神了。

她害怕極了……最後因爲觸怒了會裡的某人，慘遭殺害。

這種狀況不管怎麼想都太病態了，只會讓死者不斷增加。

希彥的事莫可奈何。這種超乎現實的事，也根本沒有手段可以證明。用無法證明的方法殺人，法律也無從制裁。

但托拉斯會的成員不一樣。他們和希彥不同，沒有不可思議的能力，是像坂本小姐一樣的普通人。而且幾乎所有人，都是被社會深深傷害，無法融入社會的人。

原本來說，引導這些人接受政府的支援，或許不是我們警方的工作，可是這次不同。這是我們的業務範圍。我們的工作，是維護治安。

明知道事實，了解一切，卻袖手旁觀。我對知情者感到強烈的憤怒。

「傻的人是你們。」

我站了起來。

「謝謝學長提供的資訊。我會過去看看。」

「我勸妳不要，別再管了。說起來，妳幹麼這麼生氣？這也沒什麼不好啊，他現在只殺**壞人**而已。這就是被害人的共通點。霸凌加害者、搞不倫的女人、強姦犯——都是這種人，幸運逃過法律制裁的犯罪者。妳的朋友也是吧？是拜託他殺人的壞人啊！」

「謝謝學長的建議。雖然完全沒有參考價值。」

我就要朝門口走去，忽然傳來「砰」的一聲。回頭一看，只見高木把腳搭在桌上。見我回頭後，高木伸手脫襪。脫得慢條斯理。

「喂，學長……」

我正想責怪「很噁心耶」，卻整個人語塞了。

襪子脫下來後，卻沒有應該要有的東西。左腳完全沒有五趾。全被扯掉了。扭曲的疤痕證明了這件事。

「妳也會變成這樣。」

哈哈哈哈哈！不堪入耳的笑聲攻擊耳朵。

我摀住耳朵，離開了偵訊室。

川島希彥③

川島希彥是[redacted]。

1

乘上電車，走出最近一站的驗票閘門，倉橋一行人等在那裡。

倉橋浩平。

矢內葵。

佐藤智弘。

關口正。

新井正博。

松崎亮太。

石橋貴志。

中井太一。

西川耕平。

有九個人。希彥逐一細看每一人的臉，他們全都面露惡意的笑容。

「希子，第一次接客辛苦啦！」

倉橋大聲說。

「如何啊?啊~啊,看來那人把你疼了個夠呢,那麼明顯,得圍個圍巾才行了。」

倉橋不停地用指頭戳希彥的脖子。希彥微笑。中指看起來特別美味。

「笑什麼笑?快點拿錢出來。」

矢內粗魯地搶過希彥的包包。男人的錢包內容物全都在裡面了,矢內一定會很開心。

倉橋一行人發出歡呼,吵著說要去吃燒肉吃到飽,但矢內的神情依舊險惡。

「這小子看起來根本沒反省啊?」

矢內瞪著希彥說:

「老神在在的,還笑咧。這小子,該不會想去跟警察告狀吧?」

聽到「警察」兩個字,倉橋等人忽然驚慌地面面相覷。

「他才不敢咧。」

口氣很嗆,但滲透出沒自信。好陣子沒有人出聲。

「我、我覺得⋯⋯去、去他家比較好。」

佐藤打破寂靜。他渾身是汗地說:

「要、要是讓他回家,他、他會跟他爸媽說!他爸媽超保護他的,絕對會、會報警那些的，所、所以……！」

「沒想到你這個豬腦袋還滿靈光的嘛，我贊成。」

矢內踹著佐藤的屁股說：

「既然如此，乾脆來個一不做二不休。反正咱們手上有豬拍的影片，搞不好還可以跟這小子的爸媽要錢花。倉橋，你呢？」

矢內正面盯著倉橋說。

「豬都要去了，你不會說不去吧？」

「我、我要去啊！」

倉橋粗魯地拍打希彥的肩膀，要他快走。

佐藤說著「我帶路」之類的話。

倉橋看起來骨頭很粗，佐藤感覺一咬就破，口感似乎不錯。

總之看起來都很好吃，希彥露出微笑。

走向加爾瓦略，各各他，頭蓋骨。

希彥好陣子從後方被踢踹推搡地前往自家。

希彥走在苦難的道路上。

這裡是耶穌基督受到辱罵、背負著十字架行走的維亞多勒羅沙嗎？

會這麼想的，恐怕只有上帝的羔羊。

忍不住打從心底嘲笑。希彥不會力盡。這裡也沒有古利奈人西門。

按下門鈴，母親回應。

自動門緩慢地打開。不待門完全開啓，矢內領頭，九個人魚貫擠進門內。

最先從玄關出來的是父親。他穿著上班時的白襯衫，可能是去到府看診剛回來。父親比九人中的任何一個人都要嬌小。

希彥直盯著父親。父親也回視希彥，臉上沒有笑容。

母親站在父親身後，希彥沒有和母親對望。

佐藤結結巴巴，比手畫腳，說出希彥和井坂做的事，還有他賣春的事。然後說如果不給他們錢，他們就要把這件事向街坊公開。

「回去。」

父親以不帶任何感情的聲音說：

「夏季白天很長，但時間已經很晚了。你們的父母會擔心。快點回去。」

在他們的劇本中，希彥的父母應該會感到害怕，乖乖掏錢出來。父親預料之外的反應讓他們嚇到了，全都沉默下去。只有佐藤不一樣。父親冷靜的態度，似乎反而讓他激動起來。

「你不在乎嗎？被附近鄰居知道你兒子是同性戀，是賣春的人渣也無所謂嗎！」

父親冷眼看著佐藤。

「呃，也是，無所謂嘛！你們兩個年、年紀都那麼大了，還搞、搞出小孩來，本來就是噁心的老頭子老太婆嘛！」

「希彥！什麼都別做！」

父親大喊說：

「希彥，我們沒事，你進家裡休息。」

「開、開什麼玩笑！什麼沒事！瞧不起人啊！」

佐藤揮動短腿，踹倒小狗擺飾。陶器小狗的頭被踢破，碎成片片。

「如、如果你們不拿錢出來，要、要繼續裝清高的話！」

佐藤撿起掉在地上的金屬灑水器，朝地磚砸下去。白色齊整的地磚龜裂。佐藤不停破壞庭院裡的物品。

原本茫然觀看的倉橋等人，很快地也著了魔似地加入佐藤的破壞行動。

鐵桌椅被推倒，發出悶重的聲響。吊著鞦韆的繩索被扯斷，膠合板椅面被砸破。這是父親爲附近的媽媽們做的，讓她們可以帶孩子來這裡玩，自己悠閒地坐下來喝茶。玫瑰從根部折斷，反覆踐踏，沾滿了泥巴。這是母親無比珍惜、精心打理的庭院。

倉橋用膝蓋撞擊父親的腹部。

父親發出呻吟，跪倒在地。

「喂，你說話啊！你這個爛老爸，拿出誠意來啊！」

「希彥！」

父親打斷倉橋的話怒吼。

「不可以生氣！」

父親完全沒把倉橋看在眼裡，而是筆直地看著希彥的眼睛。

母親也是一樣。她完全不顧跪地吐出胃液的父親，而是以祈求的眼神看著希彥。

「你是異邦人。」

希彥說：

「你愛人，助人，很好。謝謝你。」

希彥把手按到地上。因爲這樣可以加速毒素傳播。當然，是對他們而言的毒素。

「希彥！」

最後喊他名字的是父親、母親，還是別人？不知道。

可是沒辦法。沒辦法。沒辦法。

沒辦法。

一場噩夢

第一發現者是被害人S的母親。

兒子說去朋友家，卻遲遲沒有回來，母親爲了帶兒子回家，去了S唯一的朋友少年A的家。少年A的父親是專門到宅診療的K診所院長，和妻子及少年A三個人生活。

K家在一年前搬到當地，少年A的父親由於爲人大方溫和，融入了世居此地的當地人之中。

少年A是這一帶知名的美少年，據說他美貌異常，美得讓人幾乎不敢靠近。筆者也在慘案剛發生後看過網友貼在網路上的照片，那漆黑的眼睛和美麗的黑髮讓人印象深刻，是個閉花羞月的美少年（當時少年A未成年，因此照片很快就被刪除了，可惜現在已經看不到了）。少年A就像父親，十分聰慧，成績也是學年數一數二。他的同學表示，美麗的少年A與S友愛相處的模樣，就像從馬車窗戶丟麵包給貧民的公主。

不匹配的兩人，友誼一直持續到國二開學不久，但很快就分道揚鑣了。因爲S開始遭到霸凌。即使是聖母般慈愛的少年A，還是忍不住要自保吧。

但奇妙的是慘案當天，對S霸凌的主犯團體，與S和少年A共同行動。住在附近的主婦證實，當天她目擊主犯集團踹著少年A的背，一邊嚷嚷一邊逼他往前走。霸凌的矛頭經常因爲一些細故而轉向另一個人。筆者自己也親身經歷過。

言歸正傳，回到K家。

S的母親發現K家大門敞開，心生疑竇，先報警之後才踏進門內。結果必須說，她這麼做是正確的。

大門內的景象奇異到了極點。

我以爲地上散落著豬肉片——一年後，S的母親如此陳述。

K家的庭院有一塊可以休憩的空間，只要招呼一聲，K家歡迎任何人進來坐。但庭院的家具和遊樂器材遭到破壞，一片狼藉。更讓S的母親驚訝的是，明明正值七月，點綴庭院的花草卻徹底枯萎，宛如冬季般蕭瑟。

「K太太？K先生？」

S的母親喊了好幾聲，K家都沒有人出來。不僅如此，完全感受不到有人在的樣子。就在這時，S的母親發現自己從來沒有這麼不舒服過。除了K家總是彌漫的玫瑰香氣外，還有一股令人作噁的惡臭。原因應該是散落一地的東西。

S的母親提心吊膽地把臉靠近散落地上像生肉的東西。如果她不是近視很嚴重，應該不會做出如此愚蠢的舉動。

悟出自己看到的是什麼，S的母親當場把胃裡的東西全吐出來了。仔細一看，長著毛的那東西，正是她在尋找的東西的「一部分」。人的表裡翻轉過來了。

S的母親這麼對記者形容。最先找到的是兒子的頭，這完全是巧合。兒子從小學就一直佩戴的藍色鏡框的眼鏡從「翻過來的」眼窩裡插了出來。

『警方趕到現場，發現多具全身遭到切割的屍體。』

大報社在報導當中如此描述，但真實狀況卻更加淒慘。

骨頭和內臟被抽掉、只有頭部被割離的屍體，以符合人數的數量並排在地上，這幕景象足堪摧毀她的精神。後來整整一年，S的母親無法正常說話，現在仍在精神科反覆住院。

附帶一提，前面說的人數，是包括了K夫妻在內的人數。

少年A連親生父母也殺掉了。

十一人的人數，加上過於獵奇詭異的殺害手法，導致沒什麼人認爲這是少年A的犯行。看到少年A的照片以後，筆者也不認爲那樣纖細的他，有辦法犯下這樣的慘案。但不論是單人犯案還是有多名凶手，都有著少年A牽涉其中的確鑿證據。其實，少年A以殘忍手法殺害的不只這十一人而已。

不是第十二名犧牲者，而是第一名犧牲者。前面還有一名死者。

其實在這起慘案發生的數小時前，K區賓館內發現了一具同樣異常的屍體。屍體生前的姓名叫金岡，是個無可救藥的人渣。

金岡慣常在交友程式或社群媒體尋找對象，進行兒童買春。據說他是個不折不扣的同性戀兼戀童癖，專找青少年下手。金岡還有準強姦同性的前科，現在網路上還能找到他的照片，有興趣的讀者可以搜尋看看，但他的樣貌不是讓人很舒服，筆者不太推薦就是了。

少年A與金岡是如何認識的，後文會再說明，總之是金岡花錢買了少年A，結果遭到與十一人相同的手法殺害。想像金岡滿懷期待、鼓脹著褲襠在賓館等待的饞相，令人不禁爲他掬一把同情淚。因爲投懷送抱的，竟是個美豔絕倫的惡魔。

接下來的內容是筆者的獨家採訪，是其他報社和週刊都未查到的內幕。

十一名被害人當中的一人，女學生Y的手機裡，保存著少年A的私密照。正確地說，上面拍到金岡與少年A性交的場面。從前後的訊息判斷，顯然是包括Y在內的主犯集團逼迫少年A賣春。

居然做出這種事，這些青少年的前途實在堪慮（不過很遺憾，過世的被害人也沒有前途可言了）。這些人才國二而已，是才十三、四歲的孩子。

筆者在他們這個年紀時，滿腦子只想著要跟朋友玩卡片遊戲，就算偶爾想到色色的事，頂多也只是幻想電視上的可愛偶像是自己的女友，實在是天真無邪。

就算會霸凌同學，也絕對不會想到要逼迫對方賣春吧。

無論是少年A的行動，還是被害人的行動，這起慘案，都讓人覺得應該是發生在外國治安敗壞的地區。

然而，這千眞萬確是發生在日本東京老街的、驚心動魄的駭人慘案。

警方的調查徒勞無功，少年A後來的行蹤無人知曉。

少年A若是順利長大，現在已是二十多歲，好奇他現在是什麼樣貌的，應該不只有筆者一個人而已。

（摘錄自個人網站「獵奇殺人博覽會『日本的命案』」）

白石　瞳②

白石瞳是一名女警。
白石瞳想要知道眞相。

1

鐵製大門宛如阻擋著外人，從門縫間窺看裡面，「托拉斯會」的建築物外觀十分詭異。

從大門外看進去，就像一幢現代豪宅，或是活動場地。這是主屋，隔著中庭，還有一棟獨立小屋。這棟小屋是六角柱建築物。之前怎麼都不覺得奇怪？是因爲這一區還有其他個性獨特的建築物嗎？看過那些資料以後，我忍不住心想：這個地點眞的是在重現希彥過去待過的「托拉斯村」。

我沒有告訴嘉納哥我要來這裡。

現在嘉納哥正在向「都內無差別連續殺人案」的被害人遺屬問話。我覺得必須盡快直搗黃龍，但感覺要讓嘉納哥相信希彥的事，必須花上不少時間。

我以身體不適爲由，請了半天假，只在通訊軟體留下訊息：如果晚上七點前我都沒有聯絡，請到托拉斯會來找我。嘉納哥可以信任。如果我死了，或是發生了相當於此的事，托拉斯會眞面目的可信度也會增加吧。我可以安心把後事交給嘉納哥。

我摸了摸腰間的槍套。槍沒有意義，我也不打算用槍，但手槍的重量仍然讓我感到安心。

「有事嗎？」

回頭一看，一名身高比我略矮的老婦人站在那裡。語氣聽不出不善的感覺。

「呃……請問托拉斯會就是這裡吧？」

我想了一下，最後決定開門見山。托拉斯會的成員從某個意義來說，就像是遭到了希彥的洗腦。成員都是普通人，這名老婦人應該也不會突然攻擊我吧。

「妳聽誰說的？」

聲音冷若冰霜。

老婦人一改先前的態度，以冰冷的眼神瞪著我。

「妳從誰那裡聽到這個名稱的？」

「坂本美羽小姐告訴我的。」

我沒有別開目光。

我們互瞪了片刻。我正尋思接下來該說什麼，傳來女人的聲音：

『請她進來。』

嗓音有些低沉，卻是悅耳的低沉。即使隔著門鈴對講機，也讓人覺得說話的人一定是個美女。

「可是小希……」

我無聲地驚呼了一聲。

小希。

是希彥。

希彥果然就在這裡面。

『沒關係，媽，請她進來。』

被稱爲「媽」的老婦人皺著眉頭，但依然取出鑰匙打開大門。不是眞正的母親。希彥戶籍上的母親佳代子，早在十年前的葛飾慘案中身亡了。

我跟在「媽」的後面。

「媽」打開玄關門，一堆人立刻聚集過來。

「妳回來了！」

一名約國中生年紀的女生特別大聲地說道：

「怎麼了？她是新來的嗎？」

「媽」露出柔和的笑容說：

「我回來了，大家。不好意思，小希說想跟這位小姐說話，你們可以上去二樓嗎？當然，點心盡量吃。」

在場的人全都像孩子般回應：好～！陸續上去二樓了。有種說不出來的詭異。

「可以請妳脫鞋嗎？」

老婦人以帶刺的口吻說，我連忙脫鞋。「媽」拿起我剛脫下來的鞋子，收進鞋櫃裡。其實我很想拎著走，但現在提出這種要求，應該不是好主意。

「我準備一下，請這裡坐。」

樓梯旁邊的門前擺了張木椅子，老婦人指示我坐在那裡。有往下的樓梯，所以應該還有地下室。「媽」不等我回應，逕自進門去了。

我依照吩咐坐在椅子上，只有眼睛轉來轉去。

雖然房間很多，但果然只是棟普通民宅。

成員順從得驚人，近乎不自然，但這或許也是出於成見的穿鑿觀點。

門內傳來聲音。

「請進。」

我做了個深呼吸，慢慢地開門。

房間裡很陰暗，看不清楚。只看得出有什麼東西正朦朧地發亮。

我怯怯地走近，發現原來是一張臉。

絕美的容顏。黑眼、黑髮，清純之中，散發出一股莫名世故逼人的嫵媚。

是希彥，我心想。可能是因爲成長的關係，下巴的線條顯得有些鬆弛，但這副美貌，毫無疑問就是希彥。留了一頭長髮、化了淡妝的模樣完全就是女性，但他原本就超越了性別的規範。這些都不是重點。

「希彥。」

我搶在他開口之前叫了他。

「你是希彥，對吧？」

希彥沒有應話，只是靜靜地注視著我。

「我是來拜託你的。」

希彥的個子應該相當高。雖然坐著，眼睛高度卻和我一樣。

「我已經知道是你做的了。你召集受虐的人們，替他們復仇，對吧？可是，請你不要再這麼做了。坂本小姐也是……大家都是平凡的人。即使是以間接的方法，平凡的人也不會殺人。要是做這種事，會漸漸失常的。」

希彥旁邊的老人一語不發地守在那裡。

如果那名老婦人是「媽」，那麼這名老人或許就是「爸」。

這是我任意推測，但或許希彥把這對男女和川島夫妻重疊在一起。若是如此，還有說服的機會。因爲這表示他還保留著思念父母這種天經地義的感情。

我靠近希彥，握住他的手。

「不許放肆。」聲音傳來。是「媽」說的。

我不理會那聲音。

「拜託，求求你，不要再做這種事了。如果你有什麼目的，我可以聽你說。」

希彥形狀姣好的嘴唇兩端勾了起來。

「呵、呵呵。」

呵呵呵，哈哈哈，希彥笑著——以少女般可愛的容顏笑著。

他笑了一陣，鬆開我的手，反過來包裹住我的手。

「啊，好可愛。妳眞的好可愛。」

希彥漆黑的瞳眸倒映出我的身姿。我像個白痴一樣呆呆地張著嘴巴。

「首先，我不是希彥。」

「騙、騙人，這不可能……你是葛飾慘案的凶手……」

「是眞的。我沒有撒謊。」

騙人。這絕對是謊言。我看過許多騙子、犯罪者，所以分辨得出來。不，不對，就連毫無經驗的三歲小孩，一定都看得出來。他吐出來的全是謊言。他說的沒有一句是眞的。

「然後，妳把我們的活動說得就像壞事一樣，但我只是從旁協助而已。那叫做所謂的追求幸福權嗎？我只是在協助身陷不幸深淵的人，免得他們死去，讓他們可以快快樂樂生活，沒道理受到譴責。」

「這樣是不對的！」

我甩開希彥的手。

「即使遭人踐踏，要是踐踏回去，一樣是不對的事！要是這樣做，只會愈來愈無法釋懷，等於是主動讓自己更加不幸，絕對不可能幸福的。」

「這話是基於妳自己的經驗呢。」

希彥輕嘆了一口氣，笑容消失了。

「最後我要提醒妳一件事，不是每個人都像妳一樣堅強。」

希彥說完，拍了三下手。

他的背後冒出一個龐大的影子。
定睛一看，裡面似乎也有門，但這不重要。
躍入我的眼簾的那個人。
「不可能……怎麼會……」
即使在黑暗中，也不可能認錯。我不敢相信；可是確實就在眼前。
是弟弟。
我的弟弟。
我最珍惜、最想要守護的事物。
白石悟，他就站在希彥背後。
不是受到強制而待在這裡的樣子。若是如此，他不可能會搭住希彥的肩膀。
「悟，你怎麼會……」
悟一看到我，便露骨地別開目光。
不祥的想法掠過腦海。不對。絕對不是。
可是悟身在這個地方，證明了絕對就是。
「悟，你殺人了嗎？」

我懇求地問。

悟沒有回答。

守在希彥旁邊的老人嗆咳起來。

「悟，回答我！」

「不可以責備他。」

希彥站了起來。他非常高，仰望著他，脖子幾乎快發痛了。

「我替他說明吧。悟一直很羨慕朋友。悟領取獎學金，靠打工讀大學。他這麼拚命，身邊的朋友卻用父母的錢開心地盡情遊玩。可是，妳覺得他能向姊姊要錢說想玩樂嗎？姊姊可是犧牲了自己，爲了他而拚命工作啊！」

悟呆呆地望著地面。他沒有同意希彥，卻也沒有否定。這最讓我感到悲慘。

「悟……你沒有話要跟我說嗎？」

悟和希彥似乎都不打算回答我的問題。

「這時，悟看到健康食品的廣告。喏，不是有嗎？第一次只要五百圓，就可以收到試用品的那種廣告。聽說只要用比正規通路便宜一點的價格拿去賣，很快就可以脫手。拚命端盤子才能賺到的一萬圓，一瞬間就可以得手。所以悟在網路上開賣場，更積極地轉賣商品。可是網路上不是有很多愛管閒事的人嗎？悟販賣的藥品種類愈來愈多，有些人明明沒有要買，卻跑來干涉這種小事，說這是違法的。所以悟把網路賣場設成了會員制。他透過大學朋友，靠口碑傳播，很快就賺到了一年份的學費。不覺得這是很聰明的賺錢手法嗎？」

將低價買到手的商品高價賣出，這種所謂的「轉賣」手法，在法律上處於灰色地帶。雖然惹人非議，但並未違法。但如果希彥說的是眞的，後面的行爲就是犯罪了。宣傳醫藥品以外的食品或效果不確實的商品具有療效，又或者即使是眞正的藥品，卻未經許可私下販賣，就違反了「藥品及醫療器材法」。

「然後悟就和其他朋友一樣──不，他是靠自己賺錢，所以比朋友更了不起呢。總之，他可以跟朋友去吃飯，參與這類學生的玩樂活動了。可是某一天，替他私下宣傳的朋友要求『我要分紅，還要封口費』。很過分，對吧？他們明明是得天獨厚、生長在正常家庭的孩子，卻不知滿足，索討金錢，根本就是勒索呢。悟不知道該怎麼辦才好，向我們求助，然後──」

「你殺了朋友。」

悟依然沉默。

「爲什麼不跟我說？要是跟我說──」

「妳能做什麼?」

希彥把臉靠過來。鼻頭幾乎要相觸了。

「正義感強烈的妳,一定會勸悟自首。妳會做的事,應該是道歉、把錢還給朋友和每一個買過商品的人。可是,這樣有誰會幸福?」

「這不是幸福不幸福的問題!這、這種事……」

「沒有人會幸福。妳會把保險解約,向能借的地方借錢,但妳覺得悟想看到姊姊這樣嗎?再說,要是悟能向妳求救,就根本不必做這種事了。」

悟的嘴唇囁嚅著,看起來像是在說「就是啊」。

「和堅強的人在一起,是很累人的。坂本小姐也是如此。確實,她或許把妳當朋友,很喜歡妳。可是她會選擇死亡,是妳的關係。看到妳這種即使境遇艱難,也積極向前,努力開拓人生的人,任何人都會自覺淒慘得想死吧。太刺眼了啊!實在正直過頭了。身體力行何謂正義的妳,實在太暴力了。」

我無話可說。

玫瑰般的香氣填滿了鼻腔,是從希彥全身飄散出來的氣味。

感覺他說的都是對的。

我想拯救托拉斯會的人。想要爲如同坂本小姐那樣遇到不幸、只能依靠報仇這種負面手段的人找到方法。可是，或許在我的內心某處，是瞧不起他們的。

我自以爲理解了坂本小姐的感情，自以爲在陪伴她，結果卻把她給逼死了也說不定。她一次也沒有向我求助，到死都沒有把托拉斯會的事告訴我。

最重要的是，悟——自小就是我的寶物的心靈支柱，現在不是依靠我，而是投靠了托拉斯會，投靠了希彥。

難道我是陶醉在「爲了悟而努力的自己」？我是不是認爲自己是比別人更努力、更了不起的人？一定是的。所以悟也感受到了。「我爲了你這麼拚命，你也要給我好好振作」——悟察覺我的眞實想法了。我把悟帶出那個家，替他出生活費，是我自己要做的事，卻像在施恩於他一樣。

雙腳虛軟。

視野在淚水中扭曲了。我不知道自己是因爲傷心而哭泣，還是覺得窩囊而哭泣。哪邊都無所謂了。

「對不起，妳一定覺得很受傷。可是，幸福有各種形式，只是我們的幸福，和妳觀念中的幸福有些不同而已。我們和妳都沒有做錯。妳先平靜下來，再次好好思考看看吧。」

希彥對著旁邊的老人和悟小聲說了兩三句話。

他們抓住我的手。腳使不上力。我幾乎是以被拖行的狀態，逐漸遠離希彥。

希彥微笑著。微笑著對我揮手。

2

「我對不起妳。」

悟拖著我，不看我的臉地這麼說：

「可是，我真的不想給妳添麻煩。這是真的。」

悟對老人說「接下來我來」，扶著我下樓梯。悟肌肉結實，體型魁梧。他一定什麼事都做得到了，即使沒有我。

一下樓梯，就是一道金屬門。除了一般的鑰匙孔，金屬門旁邊還有兩、三重門鎖裝置。

悟先放開我，打開三道門鎖。開門之後他說：

「放心，絕對不會發生可怕的事。只要希大人說好，我就會來找妳。裡面有廁所，也有吃的和喝的，妳先待在這裡吧。」

悟把我推進去後，關上了門。上鎖聲和腳步聲消失了。

「我不行了。」

認命的話自然地脫口而出。

這是自從那天離家以後，我要自己絕對不能說出口的話。不可能、不行、做不到，我要自己不能說出這些喪氣話。可是全都是白忙一場，是自我滿足，對身邊的人來說，我反倒是個麻煩。

卸掉全身力量，後腦敲在地上。可是一點都不痛。上了漆的木地板莫名溫暖。睡意湧了上來。這麼說來，我一直沒有好好睡上一覺。

和高木說話，感覺是好久以前的事了。高木叫我不要來。他說的沒錯，我不該來的。

眼皮蓋下來了。就這樣——

「請問……」

我醒了。

聲音細微，然而卻是直接傳入腦中、震動大腦的聲音。

我坐起來回頭。

書桌、書架、矮桌、掉在地上的布偶——簡直就像兒童房。

不，這些都不重要。這裡不可能是兒童房。

因爲異常的事物就在我的眼前。

「妳還好嗎？」

感覺就連呼氣都好美。

集全人類理想於一身的容顏。世上不可能有這樣的人。

可是他在動，在說話。

「是撞到頭了嗎……？怎麼辦？」

我不由自主地渴望觸碰他眉間擠出來的皺紋。

我就要伸手，赫然回神。

不對勁。

我幾乎可以聽見血管脈動的聲音。

好可怕。我對自己感到無比的懼怕。

我從來不曾有過這樣的感受。

每次說出我從來沒有和異性交往過，就會引來同情，也有人說要介紹對象給我。可是就算受到同情，我也感到爲難。因爲我從來沒有對任何人有過戀愛的好感。不只是對男性，對女性也一樣。

相貌端正、服裝和髮型很有品味，這些我都能理解。

但我缺乏更深的感情。

以為我沒有戀愛情感，應該是自我設限吧。我想起了警校同學說「妳只是太忙了」、「只是還沒遇到心動的對象而已」。他們說的一點都沒錯。

我現在這種感情，千真萬確就是——

我別開目光。我想藉由把對方趕出視野，設法恢復平常心。我深呼吸好幾次，終於可以說話了。

「我沒事。」

擠出來的聲音抖得像傻子一樣。

「太好了。」

聲音的主人沒有嘲笑我。

「剛才妳被一個壯漢帶過來，我還以為又發生什麼惹她不高興的事了。」

「她……？」

「希大人啊。她最近很容易動怒，很可怕。」

「她……？」

我忍不住抬頭。閃耀光輝的深色瞳眸注視著我。心跳又加速了。

「可、可是……他是男的吧？希彥……希大人是……」

思考和話語都亂成一團。看著他的臉，我就什麼都……

「希彥是我。」

希、彥、是、我。

聽到的音轉化成文字，像跑馬燈一樣流過腦中。

我覺得某種超越性的事物，第一次在眼前化成現實出現了。

白色襯衫、鬆垮的長褲。即使穿著衣服，也看得出他的體型弱不禁風，只有薄薄一層脂肪，夢幻得彷彿一折就斷。

稍長的頭髮將耳朵和頸脖襯托得更美。毫無雜質的純黑髮絲和純白的肌膚呈現強烈的對比，讓人幾乎無法逼視。

五官也是，憑我所知道的詞彙，無法做出比「美」更進一步的形容，讓人焦急。

臉的印象和剛才看到的「希大人」很像，但和眼前這個人相比，那個人根本是冒牌貨。

這個人用男性的第一人稱自稱，說他是希彥。他說的應該是眞的。

我也這麼認為。

高木讓我看到的、一瞬間就懾人心魂的少年。他成長之後，一定就是這副模樣。所以這個人才是希彥。

可是。

他實在過度柔和了。

照片中的國中的希彥，感覺光是看上一眼就會被瘴癘纏身。

可是眞實的他，相較於那超越性的外貌，甚至讓人覺得就像個惹人憐愛的少女。如果資料上寫的是眞的，那麼他今年應該二十四歲了，然而看起來完全不像這個年紀。

「你……眞的……是希彥嗎？」

「妳是來找我的嗎？」

希彥的聲音在顫抖。

「是來抓我的嗎？」

希彥和我拉開距離，縮起身體，就像要保護自己。

「妳是警察……對不起、對不起，可是我……」

「冷靜下來。」

這次換我對他說話了。

直到上一刻還籠罩著我的病態亢奮已經平靜下來了。

眞正的希彥，確實外表美得令人恐懼。但是那副害怕的模樣，就只是個孩子。

「確實，一開始我想要抓住你，或者說想要阻止你。可是，狀況好像和我想的完全不一樣，所以我現在非常爲難，不知道該怎麼辦才好。」

希彥東張西望，好像還在害怕。

我爲他扼要說明。

我是追查「都內無差別連續殺人案」——現在改名爲「無差別連續殺人案」的刑警。

我的朋友過世了。她告訴我托拉斯會的存在。

高木交給我一份日記，內容宛如奇幻作品的情節。

還有葛飾慘案。

雖然我覺得高木因爲不幸的遭遇而腦袋失常，同時卻又覺得他的話具有一定的說服力，感覺他還在第一線辦案的時候，一定是位出色的刑警。被這樣一個人罵「妳要慚愧」，殺傷力很大。

我反省了一下，自己上網好好調查了一番。

眞的輕易就找到了。

那是一起被認爲由當時就讀國二的少年A犯下的大屠殺案。出現在第一個搜尋結果的網路文章標題是「一場噩夢」，但官方稱其爲「葛飾案」，列爲懸案。

除非是自己承辦的案子，以及相關的資訊，其他案子我都不太清楚。

但葛飾案由於死者眾多，加上嫌犯是一名少年，生長在富裕的家庭環境，相貌絕美，而且殺害方法極盡殘虐，這些眾多的要素，似乎足以勾起一般民眾的好奇。

我理解了高木想要表達什麼。

假設我和一般人一樣接觸網路，那麼讀到高木交給我的那疊文件時，應該立刻就會發現希彥就是葛飾案的嫌犯少年A了。

我說完葛飾慘案，希彥的神情明顯地變得陰鬱。

「對不起，因爲我看到網路上的文章……所以才會認定你就是兇手……」

「是我幹的。」

希彥平靜地說：

「爸、媽、金岡祐、倉橋浩平、矢內葵、佐藤智弘、關口正、新井正博、松崎亮太、石橋貴志、中井太一、西川耕平，應該都算是我殺的吧。」

「算是你殺的？」

希彥微微搖頭。

「正確地說，那不是我，而是我體內的東西。」

他的衣襟敞開著。我覺得不可以看，把目光集中在自己的膝蓋。

「刑警小姐查到的內容都是對的。是眞的。我從很久以前就是這樣。只要冒出不好的感情——**就會變成那樣**。**會發生不好的事**。我裡面的東西會跑出來作亂。那個時候也是。不認識的男人把我弄得好痛……結果腦袋裡面好像有什麼東西爆炸了。回過神的時候，我已經回到家了，周圍全是大家的屍體。」

「那是、呃……」

「嗯，就算說這種話，也不可能有人相信。不，這樣說也不對呢。聽起來就好像不是我做的。那就是我做的，可是，我沒有是我做的感覺。總是發現的時候，一切都過去了。那個時候……看到倒在院子裡的大量屍體……就好像水從水龍頭溢出來一樣，我想起了許多事。那是我上國中以前的記憶呢。我本來完全沒有上國中以前的記憶，那個時候卻突然想起來了。主要是我傷害了許多人的記憶。我覺得自己好恐怖，害怕得不得了。我就像個怪物……可是聽到刑警小姐的話，我覺得有點高興。因爲即使我這副德行，爸媽還是愛著我呢。」

我點點頭。

「是啊，雖然我只是大概瀏覽過內容，但是川島醫生，你的父親，他千眞萬確非常疼愛你。日記裡寫的都是你的事。」

「我太開心了。」

瞬間，希彥露出無比幸福的微笑，但那笑容稍縱即逝。

「結果我連愛我的父親都殺了，我眞是差勁透了。」

我想要安慰，但希彥微弱地說「什麼都別說」。

「如今回想，我應該那麼做的，但當時我完全沒有想到自殺這個選項。但我一個人又實在活不下去。我連國中都沒有畢業，最重要的是，我甚至不能說出自己的名字。離家的時候帶走的錢也用完了，我走投無路，這時候遇到了那個人。她現在自稱希大人，但她的本名叫沙織。她很美，個子也很高，對吧？她以前好像是個模特兒。當時她說她工作很忙，如果我願意幫她打理家務，就收留我。我眞的很感激，住進了她家。我幫工作疲累回家的她燒洗澡水、打掃家裡，準備飯菜。算是小白臉呢。但這樣的生活沒有持續多久。都是我害的。」

希彥暫時打住，仰望上方。

「某天，沙織小姐喝得爛醉回家，打了我。她說因爲我，害她的工作愈來愈少。是遷怒吧。可是平常那麼溫柔的她性情大變的模樣讓我害怕，我很想讓她變回原來的樣子，就說：『我有類似超能力的力量。』一開始她嗤之以鼻，但我許願之後，狠狠地甩了沙織小姐的電視製作人就死掉了，所以沙織小姐好像相信了我。我覺得幾乎所有人，都像現在的托拉斯會的人一樣，會食髓知味，不斷殺掉看不順眼的人，但沙織小姐不一樣。她說，既然有這麼厲害的力量，不要一個人獨占，必須貢獻給大家才行。」

「那，托拉斯會是……」

「是的，是沙織小姐創立的。大家叫她『媽』的那個人，是沙織小姐眞正的母親。一開始並不順利。因爲我並不知道人是怎麼死掉——是怎麼殺人的。」

「這是我讀完資料的推測，是你身上的那個……」

希彥點點頭。

「對，我的體內，有個像魔鬼的東西。魔鬼有著一張女人的臉。試了幾次以後，我漸漸明白要怎麼做，才能控制這個生物。」

試了幾次——我明白這意味著什麼。

我回想起川島醫師的日記。漆黑的女人一個個撲蓋住小學生，小學生一動不動。死掉了。

「刑警小姐怕我嗎？」

我說不出「不怕」。

從希彥所說的聽來，他並非出於自己的意志，而是為了活下去，而形同受到那個叫沙織的女人脅迫，犯下凶案。而且他也感受到罪惡感。證據就是，他刻意選擇了「是我殺的」這種說法。

但就算是受到逼迫，仍有個限度。至今為止，到底有多少人被犧牲了？雖然嘴上說得歉疚，但他的感覺是不是也漸漸麻痺了？

「放心吧，我已經沒有那種力量了。」

「什麼意思？」

「就如同字面上的意義。不管我再怎麼強烈地祈求，也沒辦法殺人了。」

希彥用力反覆開合手掌。他的手皮膚也很薄，浮現出美麗的藍色靜脈。

「在我體內的，確實是魔鬼吧。是不好的東西。不好的東西，會流向不好的地方。漸漸地，就算我什麼都不做，它也會聽從沙織小姐的話。那樣一來，我就沒用了。它應該是與我相連在一起，所以紗織小姐才沒有把我殺掉，如此而已。所以我一直待在這裡。」

希彥說著「對了」，站了起來。他拿起書桌上的電熱水壺，倒進馬克杯裡。

「請喝茶。雖然是茶包，但很好喝喔。」

他笑著遞出馬克杯。

「你……這樣就好了嗎？」

「怎樣？」

「像這樣，一直待在這裡。」

希彥爲難地笑了。

「我沒有被殺，也沒有被虐待，而且也像這樣有飲料喝、有食物吃。也有廁所……還有手機。雖然只能打電話，但比起上網，我更喜歡讀小說，所以也不錯了。而且現在像這樣和刑警小姐說話，也很快樂。有時候會有這樣的事。對托拉斯會有不好的觀感的人，有時候會被帶到這個房間來。後來大家都會加入托拉斯會，但是在這裡的時候，我可以跟大家聊一聊，所以刑警小姐不會有事的。過一陣子以後，他們就會放妳出去，絕對不會傷害妳。」

「這怎麼行！」

我大聲說，音量大到連自己都嚇到了。有一部分也是爲了說給自己聽。

「待在這種地方，放棄一切，這怎麼行？」

希彥拿著馬克杯僵住了。他的表情一片懵懂，彷彿不懂我在說什麼。

「你一定遇到了很多難過的事。爲了不被殺害、爲了不惹對方生氣，你活在恐懼當中……對那個叫沙織的女人，或許說什麼都沒用了。那些會員，或許也聽不進別人的話。可是希彥，只有你應該還聽得進去。我想救你。或許我太自以爲是、太厚臉皮，對你來說只是麻煩，可是，爲什麼你非得永遠畏首畏尾地活下去不可？」

我一口氣說完，希彥垂下了目光。

端杯子以外的那隻手撿起掉在地上的布偶，按在胸口。

「因爲……都是我不好……」

「求求你，請你親口說出來。只要你說出來，我向你保證，我絕對會保護你。」

希彥的黑瞳落下珍珠般的淚水，滴入馬克杯裡。這幕光景，任何人應該都會想要永遠觀賞下去吧。

「我……不想再看到有人死掉了。」

希彥一字一句地說：

「我想要……離開這裡。」

我頓時感到勇氣百倍。

我最喜歡有人求助我了。只要有人向我求助，我就能相信自己是有價値的。不是出於善心或想行俠仗義，這完全是單純的欲望。雖然因爲這樣，悟才會——不，要檢討等事後再說。

這裡的人太天眞了。太相信別人了。我伸手按向屁股。

我的皮包被沒收了，但也只有皮包而已。他們疏於檢查。

手槍還插在槍套裡，手機也還在後口袋。

看看時間，來到這裡之後，過了差不多一個小時。

「希彥。」

「什麼事？」

他的雙眼淚濕，周圍的皮膚微微泛起紅暈。即使是這種狀態，他依舊美麗。

「像我這樣的人被關進這裡，平常都是多久以後會被放出去？」

「這個嘛……三十分鐘到一小時吧。應該就快了。」

「謝謝，我明白了。」

我打電話給嘉納哥。重打了三次，三次都沒接。

其實我想一直打到他接爲止，但沒時間了。我留下語音留言，收起手機。

「希彥，現在我來說明作戰計畫。雖然也不是什麼稱得上作戰的厲害內容啦。」

「好。」

希彥把臉靠了過來，我拚命壓抑湧上心頭的悸動，繼續說：

「外面的人開門的時候，請盡全力衝撞上去。我個子小，你也很清瘦，但用兩個人的體重冷不防撞上去，應該可以把對方撞飛。然後我們全力衝刺，跑出去外面。」

「就這樣嗎？」

「對，就這樣。」

「那應該做得到。」

希彥和我相視微笑。

這時，門外傳來腳步聲。

我向希彥使眼色，希彥慢慢點頭。

門鎖解開的聲音響起，很快地門打開來了。門縫間出現白色厚底運動鞋。是悟。

悟的身體露出一半的時候，我猛撲上去。背後感受到衝擊，我知道希彥也一起撞了上來。

「嗚！」

我一頭撞進悟的肚子裡，悟發出低沉的呻吟，身體彎折下去。雖然沒有把他撞開，但這樣就足夠了。

我回頭看希彥。他長期遭到囚禁，我擔心他的運動能力嚴重下滑，但他似乎能穩健地前進。

我也轉向前方。

跑上樓梯，正準備一口氣衝到玄關時，我被東西絆倒，整個人仆倒在地。我反射性地用手撐地護住頭，但手肘重重地撞在地上，一陣麻痺。

「妳要去哪裡？」

一名約國中生年紀的女生以滿懷敵意的眼神瞪著我。八成是這個女生伸腳絆住我，害我不像樣地摔倒了。她的背後站著一名高大的女人。

眼睛很大，口鼻也很端正。任何人看到，都會覺得是個美女。

但是在明亮的地方一看，皮膚的黯沉和臉頰上的汗毛便無所遁形。即使拚命模仿希彥，也只是個普通凡人。

人們鬧哄哄地聚集過來。多半都是年輕女人，但也有中年男子。我看見悟踉蹌著爬上樓梯過來。

被這麼多人包圍，不可能逃亡了。

如果只有我一個人，或許還有辦法，但還有希彥。希彥就像個小動物，整個人蜷縮得小小的。

我慢慢地站起來。

「當然是出去！」

「妳想回去？」

高大的女人——沙織嘲笑地說：

「妳打算回去，繼續上班？就算拚命工作，悟也不在了啊？」

我看向悟，他就像其他人一樣瞪著我。他沒有庇護我，也沒有尷尬地別開目光，只是做出和其他人一樣的行動。失望讓我的心胸一陣絞痛。讓他變成這樣，是我的責任。因爲我替他決定了他要做的一切。

「刑警小姐……」

孱弱的聲音傳來。

希彥注視著我。現在我必須保護的人是——

「悟是大人了。他做的事，自己能夠負責。沒事的。」

我不明白哪裡沒事，但我還是只能這麼說。

沙織沒有回話。只是眉間擠出深深的皺紋。

我們對峙了半晌，這時一名年輕女人驚呼。

「聲音……」

晚了幾拍，我也聽見了。

是警笛聲。聲音愈來愈響亮，不斷逼近。

接著門鈴響了，一聲又一聲。

「來這一招？」

很快地，屋外傳來嘹亮的呼喊。在門外大喊的是嘉納哥吧。

我走到玄關，打開門鎖。奇妙的是，沒有人制止我。

遠遠地看見嘉納哥拱起的肩膀。

「希彥，過來這裡。」

希彥搖搖晃晃地站起來。

「妳走吧。」

沙織以冰冷到骨子的聲音說：

「妳回去，去做妳毫無意義的工作。可是，妳一個人回去。」

「我說我要離開這裡，可沒說要一個人離開。」

我筆直地注視著沙織的眼睛。

「我依據刑法第二二〇條，以非法拘禁罪的現行犯將妳逮捕。」

沙織睜大了雙眼，下唇微微顫抖。

「妳憑什麼……這裡的人都是出於自己的意志……」

「沒錯！沒錯！」眾人起鬨。「滾回去！」、「去死！」低水準的謾罵此起彼落。

「我不是在說那些成員，而是希彥。」

我說，幾乎就在同時，應該敞開的玄關門「砰！」一聲關上了。晚了幾拍，傳來猛力擂門的聲音。

「白石！」

是嘉納哥。他一定是翻過大門進來了。

我再次想要開門，卻發現門把一動不動。即使用盡力氣按壓，也連一公厘都按不下去。

「白石！開門！」

「我在開了！」

門沒鎖，怎麼會打不開……？

呵呵呵，耳邊聽見笑聲。

回頭一看，眼前有東西。

我無暇思考那是什麼，腦中已經被某個想法支配了。

我要死。

我非死不可。

我是個毫無價值、無可救藥的人。

我被踢、不斷地被抓頭撞牆，眼底金星亂爆，爆了好幾次，突然痛了起來。疼痛伴隨著淚水和鼻水，鼻水填滿了鼻腔，無法呼吸。喉嚨深處痙攣，發出古怪的聲響。哭也不會有人來救。眼前的手抓住了悟。我撲向眼前的腳大喊住手，可是還是沒有人來救。沒有人來。沒洗澡衣服很臭滿口蛀牙，被同學嘲笑。臉腫起來被說好笑，被說是豬。哭也不會有人來救。胸部愈來愈大，為了遮掩，用毛巾緊緊地紮起來。最近洗澡也不會被罵，可是卻跟我一起進來。粗厚的指頭觸摸我。我扭身閃避，頭就被抓去撞磁磚。總是這樣。又爆出一堆星星，向星星許願。有什麼插進來了。向星星許願。希望壞東西不要來。希望這都是夢。希望一切都快點結束。沒有人會來。沒有人會救。拖著身體，全身赤裸地上床。睡不著。我是全世界最骯髒的垃圾。我是垃圾所以很髒。誰來救救我。沒有星星飛過。求求你。誰來誰來誰來誰來誰來誰來誰來誰來誰來——

「刑警小姐。」

左手好溫暖。

希彥握住我的手，就像要將它包裹在掌心。

「刑警小姐。」

希彥就像個不會說話的孩子——不，實際上或許就是這樣。希彥帶著孩童的純眞，只是不停地呼喊：刑警小姐、刑警小姐。

我必須保護這孩子。

這個念頭一起，我明確地看見眼前的東西。

我明白川島醫師爲何會在日記裡用「黑色的女人」來形容了。並不是說她皮膚黝黑，而是規格完全超脫了這個世界的原理。不能存在於這裡，所以是黑色的。只有那個女人的部分籠罩著黑暗。

愈大愈好。

女人張口。與其說是女人張口，更應該說是那張嘴自行打開了。

口中塞滿了無數種類的參差牙齒，深處有蛇體般殷紅蠕動的事物。

沙織在笑。她指著我爆笑。其他人也是如此。

或許他們看不見這個女人。

要是看得見，就應該明白。

不是笑的時候。

這是邪惡之物。

不只是用來殺人的裝置，而是某種更恐怖的事物。

「刑警小姐……」

我輕輕地推開希彥的手，手伸向槍套。

掏出手槍，爆笑聲戛然而止。

筆直瞄準。我在術科檢定中，槍法的成績非常好。是優良。

「這女人有槍！」

中年婦人尖叫。

我甚至感到滑稽。警察有槍，是天經地義的事。而且我在發抖。手指僵硬，全身飆汗。衣物濕答答的好不舒服。她們居然害怕一個只是舉槍就發抖的女人。

眼前是雙腳關節逆向生長的黑色女人。她蠕動著蛇般的舌頭，開心地看著眾人。

比起這種東西，這些人居然認爲我更可怕？

「白石，妳沒事吧！」

嘉納哥不停踹門。

「不要動，離遠一點，我要開槍了！」

「不要開槍！」

嘉納哥怒吼。

嘉納哥以前說過，他的男同事某天在鬧區差點被吸毒發瘋的男子刺殺，因此開槍，結果對方死了。同事採取了理所當然的行動。如果不開槍，他可能已經被刺殺了，而且可能波及到許多路人。警方也如此宣布。然而那名同事辭掉了警職。因爲他被追究殺人與特別公務員暴行凌虐致死罪。雖然最後被判無罪，卻在他心中留下了嚴重的創傷。

「這玩意最好一輩子都不要用到。」

當時嘉納哥這麼說。

「不要開槍！」

現在嘉納哥也說著一樣的話。

「反正打不中的，無所謂。日本的警察要是開槍，就別想再往上爬了。門外的警察也這麼說呀。」

可能是聽到嘉納哥的聲音了，沙織恢復從容地說。

我不這麼認爲。

我取下安全橡膠塞，朝天花板開了一槍。灰塵木屑灑到臉上。尖銳的慘叫聲響起，幾個人衝上樓梯避難。

「我要開槍了。不要動！」

「妳、妳瘋了！」

在耳邊，不堪入耳的駭人嗓音不斷地呢喃著。是黑色女人的聲音。敞開的胸部露出許多乳房，上面萬蟲鑽動。

這種東西不能置之不理。

黏稠的唾液牽出絲來。這個女人想要吃掉這裡的每一個人。不管發生任何事，我都必須現在就殺了它。

女人猛地朝我衝來——噴濺著唾液、散發出糞尿般的惡臭。

「不要開槍！」

我扣下了扳機。

白石　瞳③

白石瞳已經不是警察了。

1

即使把帽簷壓得極低，用墨鏡和口罩遮住大半的臉，我也一眼就認出希彥來了。因爲他的肌膚質感顯然異於他人。

不過這是因爲我認得他的臉才這麼感覺，其他客人和店員並沒有特別注意他，所以或許其實也沒那麼惹眼。

「希彥。」我出聲，他從正在讀的文庫抬起頭來，輕輕向我頷首。

戶外座被花圃圍繞的這家店，是以前坂本小姐邀我「下次一起去」的店，確實景色迷人，氣氛絕佳。雖然很可惜地，她的邀約未能成行。

希彥前方擺著覆蓋鮮奶油的淡粉紅色飲料。我問那是什麼，他流暢地說出長長的陌生飲料名。他以孩子氣的語氣說，他一直很想喝喝看這種飲料，看起來比實際年齡更要童稚許多。

我也點了一樣的飲料，喝了一口。實在太甜了，感覺唾液腺都要被甜爆了。

我們聊著飲料的感想，以及正在讀的文庫（是兩年前蔚爲話題的推理小說），話題自然地轉移到我們各自的未來。

前天我辭去了警職。雖然並非懲戒免職，但也差不了多少。

那天，我擊發出去的子彈貫穿可怕的魔物心臟後，射穿了沙織的右大腿。她立刻被送醫，聽說一時因爲大量失血而性命垂危。現在雖然恢復意識了，但記憶變得模糊，最重要的是，往後她可能無法正常行走了。

嘉納哥拚命爲我解釋，但依然無法抵消我對一名手無寸鐵的女人開槍的事實。

沙織——全名沙織・迪克森，由於她是在數年前的「混血藝人熱潮」中走紅的藝人，她被送醫這件事登上了全國新聞版面。事實依然被掩蓋，報導中只說警察爲了制止陷入錯亂而襲警的她才開槍。我被報導爲「女警（二十七歲）」，好歹沒被公布姓名，但網路上對我的撻伐是鋪天蓋地。『根本沒必要開槍』、『連一個弱女子都壓制不了，無能』、『明明犯了罪，卻沒有公布姓名，警察果然是特權階級』……這些都還算是好的，還有更多不堪入目、性別歧視的留言。網路使用者卯起來肉搜我，結果警方官網上剛好和我同年的女警的照片被公開，成爲攻擊的標的，這或許成了最後一根稻草，我被除了嘉納哥以外所有的同事排擠了。

但我遭到排擠的眞正理由是別的。

我被以前跟高木同期的幹部叫去，逼迫離職。

他們知道一切。他們知道希彥的事，也知道沙織做了什麼。

一開始我悍然拒絕他們的要求。我知道內情，因此冠冕堂皇地說我沒有做錯。我實在太幼稚了。而且這麼做毫無意義。

因爲緊接著，悟被逮捕了。他的會員制網站因違反「藥品及醫療器材法」遭到檢舉，並且因多起詐欺罪遭到刑事提告。想當然耳，大學也遭到了退學處分。

因爲是初犯，即使獲得減刑，也絕對逃不過坐牢，刑期結束後，就得努力賠償詐騙被害人。考慮到悟所做的事，這樣的處置實在太過寬鬆了。

我當然也打算拚命工作，以加害者家屬的身分賠償被害人。悟的罪，也就是我的罪。沙織對我說的話之所以到現在依然像疙瘩般揮之不去，是因爲那些話大多都是事實。我誇下海口，要讓悟過著不虞匱乏的生活，讓他完成大學學業，卻根本沒有做到。我的自我滿足把悟推上了犯罪之路。

因此我辭掉了警職。圍繞著我的一切，都不是適合擔任警職的狀態。只有嘉納哥到最後都在爲我說話。他眞的是個好人。

「眞的……這樣就好了嗎？」

希彥怯怯地說：

「我很感謝刑警小姐。妳把我從他們手中救出來，還把我從那裡解放出來。可是，代價是……」

即使隔著墨鏡，也看得出希彥晶亮的眼睛。

「而且……說穿了我是個殺人凶手，然而我卻沒有受到任何懲罰。」

「所謂殺人，是心存殺意，強制在自然的死期之前結束他人的生命。」

希彥怔愣地看著我。

「沒有殺意、沒有凶器，也沒有證據。你不是殺人凶手。至少在這個國家不是。」

希彥的眼睛游移著，似乎有話想說。但可能是想不到能說什麼，拉開口罩，把吸管插進去。

「你接下來怎麼打算？」我問。

希彥確實不會受到懲罰。他明明在場，警方卻甚至沒有偵訊他。

一定是幹部下的指令。他們不願與「災禍」沾上丁點關係。明明希彥已經沒有那種力量了。

現在的希彥，只是一個擁有令人神魂顛倒的美貌的青年。

「我想去上學。」

「上學……呃，你的監護人，或者說你的戶籍……」

「我不是很清楚，不過好像沒問題。還有，我的監護人……妳還記得嗎？沙織小姐旁邊的男人。」

我點點頭。有個老人一直守在沙織旁邊，我推測如果和「媽」成對的話，他應該就是「爸」。

「他說願意當我的監護人。我們要住在一起。」

「沒問題嗎？」

「嗯。」

希彥的聲音很雀躍。

「對於『托拉斯會』不斷壯大、失去控制，他也一直感到憂心忡忡。」

「這樣啊……那太好了。」

托拉斯會其他成員怎麼了，我不知道。嘉納哥說，沒有任何人提到托拉斯會。就算說了，也和希彥一樣，這個國家沒有法律能制裁他們。

倘若那名老人也和希彥一樣感受到良心的呵責，往後應該不會怨恨他人，做出極端的事來吧。若是有和希彥相同想法的人陪在他身邊，我也能減輕不安。我打從心底支持希彥和老人像父子一樣共同生活。

「然後，等我拿到高中同等學歷以後，我想去可以考取專門資格的地方，學習心理學。有叫做公認心理師的資格，對吧？我聽嘉納先生說的。如果能成爲諮商師，撫慰待過托拉斯會的人，或是有相同的痛苦經歷的人就好了……但他們會變成那樣，也是我害的，所以我來做這些事，或許有些奇怪……」

這件事其實我已經從嘉納哥那裡聽說了。

是我拜託嘉納哥爲希彥指點迷津的。希彥雖然今年二十四歲了，但他的內在停留在國二那時候。我希望有人引領他未來的方向。我能信賴的人，就只有嘉納哥而已。這是我做不到的事。我是害悟誤入歧途的人。我希望由嘉納哥這種認眞、走在康莊大道上、沒有任何偏差的人來引導希彥。

而且嘉納哥的話，應該不會對希彥另眼相待。

不出所料，嘉納哥不是那種會被希彥的美貌迷倒、失去理智的人。

「嘉納先生眞的很好，什麼都願意教我。」

希彥開朗地說，我也笑著同意。

「嗯，他眞的很好。」

「我會像這樣把臉遮起來，也是嘉納先生建議我的。他說『外表美過頭，容易引來不想要的辛苦』。雖然自己說這種話有點……」

「才不會，我也覺得就是這樣。我第一次看到你的時候，差點無法呼吸了。因爲你太美了。」

希彥靦腆地別開臉，小聲說「謝謝」。

希彥的個性眞的很純眞吧。

想要成爲諮商師的動機或許過於單純直接，但充滿了關懷他人的心意。

現在的希彥，絲毫感覺不到高木讓我看的照片上那種濃烈的惡質魅力。那張照片應該只是恰好拍到了他內在的壞東西而已。

「刑警小姐以後要怎麼辦呢？」

「好啦，別再叫我『刑警小姐』了，我已經不是刑警了。」

我盡可能明亮地說。其實我不想辭職的。歸還佩槍、制服，把資料全部餵進碎紙機，最後只有嘉納哥一個人送我離開。警職生涯的回憶湧上心頭，我淚流不止。

但這並不是希彥的責任。他沒必要知道這些。

「我警校時代的朋友現在在開居酒屋，說好先讓我在那裡工作。雖然以後也得找份穩定一點的工作。」

「那我要去那家居酒屋，請告訴我聯絡方式。」

希彥說「我換了新手機」，開心地亮出紅色手機殼。

我遲疑了一下。其實我並不打算繼續和希彥見面。

希彥必須積極向前活下去，所以他應該忘了我。因爲只要看到我，他一定就會感覺

「我對不起刑警小姐」。

可是，被他這麼開心地說還想再見面，有誰能夠拒絕？

再說，仔細想想，或許也沒必要刻意疏遠他。

世上不可能有人不被他這副超越性的美貌所吸引，所以他自然會吸引到許多人。往後學習到社會性以後，不只是外表，他的內在一定也會變得魅力十足。只要交了朋友和女友，自然就會忘了我。只是和他保持聯絡到那個時候的話，應該不至於影響他的人生吧。

我取出自己的手機，和希彥交換通訊軟體的ＩＤ。

仍是預設狀態的帳號好友欄上顯示（１）。總覺得好驕傲。

「等下有人要來接我。」

希彥站起來微笑。

「我也要走了。」我說，希彥指著桌子笑了，「飲料不可以剩下喔。」

他朝我揮手。

「再見，白石瞳小姐。」

我也笑著揮手。

然後喝了一口甜得幾乎要融掉牙齒的飲料。

我不明白明明不是草莓口味，爲什麼飲料會帶有紅色。

我想再喝一口，發現飲料變得比剛才更紅了。

液體滴滴答答地從口中溢出。

不只是嘴巴，從鼻子、從嘴巴，不停滴下紅色液體。

全身逐漸虛軟。

別說站起來了，連坐都坐不住了。

腦袋直接撞在桌上。

手機螢幕上，預設頭像上面是「井坂希彥」四個字。

耳朵嗡嗡作響。

希彥就在視野邊緣。他開心地跟那個老人走在一起，我看見老人和希彥彼此親吻。

爲什麼？怎麼會？腦中充斥著這些疑問。

但疑問也很快就消失了，要消失了。

我感覺得到，意識逐漸消散。

最後看到的不是花。

花圃的花全都枯萎了。

MAREHIKO

Maleficos。女巫。女巫沒有性別。

參考・引用文獻

《狩獵女巫》（魔女狩り）森島恒雄著　岩波新書
《女巫與基督教》（魔女とキリスト教）上山安敏著　講談社學術文庫
《女巫：撒旦的情人》（Les sorcieres, fiancees de Satan）Jean-Michel Sallmann著
富樫櫻子譯　池上俊一監修　創元社
《聖經　新共同譯》共同譯聖經實行委員會譯　日本聖經協會
trasmoz.com

恠33／托拉斯之子

原著書名／とらすの子
作　　者／蘆花公園
原出版者／東京創元社
翻　　譯／王華懋
編輯總監／劉麗眞
責任編輯／張麗嫺
榮譽社長／詹宏志
發 行 人／涂玉雲
出 版 社／獨步文化
城邦文化事業股份有限公司
104台北市中山區民生東路二段141號5樓
電話：(02) 2500-7696　傳眞：(02) 2500-1967
發　　行／英屬蓋曼群島商家庭傳媒股份有限公司
城邦分公司
104 台北市中山區民生東路二段141號2樓
網址／www.cite.com.tw
讀者服務專線／(02) 2500-7718；2500-7719
服務時間／週一至週五：09：30～12：00　13：30～17：00
24小時傳眞服務／(02) 2500-1900；2500-1991
讀者服務信箱E-mail／service@readingclub.com.tw
劃撥帳號／19863813
戶名／書虫股份有限公司
香港發行所／城邦（香港）出版集團有限公司
香港灣仔駱克道193號號1樓東超商業中心
電話／(852) 2508-6231　傳眞／(852) 2578-9337
E-mail／hkcite@biznetvigator.com
馬新發行所／城邦（馬新）出版集團
Cite (M) Sdn Bhd
41, Jalan Radin Anum, Bandar Baru Sri Petaling,
57000 Kuala Lumpur, Malaysia.
Tel: (603) 90578822
Fax:(603) 90576622
email:cite@cite.com.my
封面設計／高偉哲
印　　刷／中原造像股份有限公司
排　　版／陳瑜安
●2023年（民112）12月初版
售價440元

ISBN 978-626-7226-91-9（平裝）
ISBN 978-626-7226-88-9（EPUB）

國家圖書館出版品預行編目（CIP）資料

托拉斯之子／蘆花公園著； 王華懋譯. –初版. –
臺北市：獨步文化，城邦文化事業股份有限公
司出版：英屬蓋曼群島商家庭傳媒股份有限公
司城邦分公司發行，民112.12
面；　公分. --（恠；33）
譯自：とらすの子
ISBN 978-626-7226-91-9（平裝）

861.57　　112017374